LA DECISIÓN

DE

PANCHO VILLA

LA DECISIÓN DE PANCHO VILLA

GERMÁN OLIVARES GARCÍA

Independently published

ISBN: 9798809377416

A mis hijas Ivana y Briana

Por ser el motor que me mueve cada día

República Mexicana
El Paso, Texas (USA)
Columbus, N.M.
Cd. Juárez
Sonora
Nuevo Casas Grandes
Baja California
Cd. Acuña
Chihuahua
Piedras Negras
Coahuila
Parral
Cuatro Ciénegas
Baja California Sur
Gómez Palacio
Torreón
Lerdo
Monterrey
Nuevo León
Saltillo
Durango
Sinaloa
Zacatecas
Tamaulipas
San Luis Potosí
Nayarit
Guanajuato
Guadalajara
Jalisco
Celaya
Hidalgo
Yucatán
Veracruz
Puerto de Veracruz
Michoacán
Puebla
Tabasco
Campeche
Colima
Quintana Roo
Guerrero
Oaxaca
Chiapas

Capítulo Uno

Ciudad de México
16 de enero de 1917

Las musicales notas del telégrafo llegaban presurosas danzando con sus ecos en el amplísimo salón de la Oficina General de Correos de la capital mexicana. El majestuoso edificio, joya arquitectónica inaugurado con bombo y platillo diez años antes por el entonces perenne presidente de la república Don Porfirio Díaz, y en cuyo interior se respiraba todavía ese olor a modernidad, a eficiencia, a nuevo, se alzaba imponente en la metrópoli apocando con su orgullosa elegancia a sus vecinos en pleno centro de la ciudad. Situado en la calle de Tacuba, la idea trastocada en obra de arte del italiano Adamo Boari, quien también se encargó de traer de los recónditos confines del universo de su mente la arquitectónica delicadeza del Palacio de Bellas Artes era un manjar para la vista y, en sus interiores exquisitamente decorados, con un aire afrancesado, encontrábase un remanso de paz donde los usuarios abrevaban sus ansias de comunicación ligera. Emulando las voluptuosas y curvilíneas caderas de una dama, las amplísimas escaleras gemelas que ondulantes conducían al segundo piso, como al pecado conducían las primeras, daban la bienvenida a todos los visitantes.

El telegrafista escuchaba con oído presto, acostumbrado a traducir aquel lenguaje delirante de acompasados y enigmáticos golpeteos en palabras para todos comprensibles y, con el mismo cariño y delicadeza que escribiera una carta de amor para su amada, anotaba en un papel lo recibido. Era un oficio aburrido en opinión de algunos, los más, de oídos duros para las celestiales notas, pero les permitía a quienes a esto se dedicaban ser los primeros en ponerse al tanto de las últimas noticias, algunas realmente impactantes, sobre todo en los momentos que se vivían en el país de lucha armada y convulsión social.

La revolución mexicana, engendrada por un puñado de hombres en quienes hervía la sed de un cambio que los estremecía como afiebrados, había sacudido desde las entrañas las estructuras creadas por Porfirio Díaz, derrocando por fin al ya senil dictador que tenía más de treinta años anquilosado en la presidencia de la república obligándolo a exiliarse a Francia. Su verdugo, Francisco I. Madero, hijo de adinerados norteños, originario de Parras de la Fuente en el estado de Coahuila y que, pese a su elevada posición social, sentía el alma corroída por el ácido de la injusticia porfiriana, se convirtió en el primer presidente elegido democráticamente desde que Díaz probara las mieles del poder.

Víctima de una calculada y no por eso menos vil traición, Madero fue hecho prisionero y luego descaradamente asesinado junto con el vicepresidente José María Pino Suárez por el traidor general Victoriano Huerta, quién usurpó el poder. Tan cobarde y ruin acción causó la desavenencia con los principales jefes revolucionarios quienes se unieron para derrocarlo, lo que lograron a costa de una lucha fratricida, mucho más larga y cruenta aún que la llevada a cabo contra Díaz.

Tras los infructuosos esfuerzos por permanecer al frente de un barco que no le pertenecía, la inmunda rata finalmente abandonó la nave que se hundía para refugiarse, igual que el gran dictador, en un exilio voluntario allende el mar.

Después vinieron las pugnas internas por el poder, las facciones que arremetían contra sus antiguos camaradas de armas, los asesinatos, las traiciones. Venustiano Carranza, oriundo y ex gobernador del mismo estado que Madero y político de larga trayectoria bajo el gobierno de Díaz, transformado en adalid de los ideales revolucionarios, se autonombró presidente de la república con el disgusto de más de uno que quería nuevas elecciones.

La incoherente hilera de números, en grupos de cuatro y cinco, continuaba llegando interminable. Al fin la firma: von Bernstoff. Se trataba nada menos que del embajador de Alemania en Washington.

La eficiencia postal mexicana quedó demostrada por la expedita entrega del telegrama en la fastuosa embajada alemana de la Ciudad de México, lugar de frecuentes fiestas y convites a donde acudía lo más granado de la mexicana sociedad de alcurnia y desde donde también, con su largo brazo de poder, el imperio germano tejía una intrincada telaraña de espionaje y corrupción. El embajador Heinrich von Eckhart se había convertido en un experto en estas lides. Hombre más bien serio y retraído, había aprendido a sacarle provecho a su personalidad para convencer de una manera velada a los demás sobre sus intenciones. En cuanto recibió la comunicación dejó para luego lo que estaba haciendo; sabía que el telegrama vendría cifrado por lo que, ayudado por un libro de códigos que para tal efecto guardaba celosamente oculto en un compartimento secreto de su oficina habitualmente cerrada bajo siete llaves, lo desencriptó.

El mensaje provenía del Ministro de Relaciones Exteriores de Alemania, Arthur Zimmermann y era ultrasecreto.

Apenas el dios sol incendió en los cielos a su eterna y oscura enemiga, hizo acto de presencia el excelentísimo embajador Von Eckhart, previa solicitud de una cita urgente, ante el presidente Venustiano Carranza. La charla se llevó a cabo en un ambiente de cordialidad y divagaciones primero, comentarios superfluos sobre la situación de ambos países aderezados con anécdotas jocosas ocurridas en alguna protocolaria fiesta diplomática, hasta que el embajador puso en manos del presidente un papel con la traducción del telegrama recibido. Carranza paseó parsimoniosamente la mirada sobre éste enarcando una ceja a medida que avanzaba en el contenido; al terminar levantó la vista hacia el extranjero, inexpresivo como era habitual en él, y por unos momentos dejó volar su imaginación sopesando las posibilidades.

—¿Y bien? —Interpeló el embajador un tanto nervioso tratando de leer alguna respuesta en las arrugas del viejo.

—Como usted comprenderá, señor embajador, —respondió con un hablar lento que enmascaraba su rapidez de pensamiento— es una decisión que no puedo tomar en este momento. Le suplico me permita estudiar la propuesta y tan pronto le tenga una respuesta se la haré llegar.

El embajador asintió. Era evidente que una solicitud de ese tamaño no iba a tener una respuesta inmediata. Con el corazón martillándole el pecho y tratando de suavizar al máximo su duro acento alemán convino:

—Sí, claro, entiendo. Tan solo permítame insistir, antes de retirarme, que esperamos que acepte la invitación; de ser así, su país obtendría grandes beneficios.

Carranza clavó los ojos de nuevo en el papel que aún tenía entre las manos. Sin agregar nada estrechó la mano del embajador en señal de despedida.

En cuanto estuvo solo, llamó a su despacho a uno de sus generales de más confianza.

—Quiero que estudie la conveniencia de aceptar esta propuesta —le extendió el papel.

Los ojos del general se desbordaban a medida que leía. Aquello sobrepasaba sus más alucinantes fantasías.

—Voy a investigar todas las posibilidades, señor presidente —comentó sin poder evitar la sorpresa que se reflejaba en su rostro.

—Hágalo, general —terminó escuetamente Carranza— y me avisa en cuanto tenga resultados.

Tiempo atrás...

En algún lugar del estado de Chihuahua, México.

—Y, ¿qué es lo que quiere el muchachito norteamericano ese? —Preguntó el general Francisco Villa a su secretario mientras observaba de lejos, con su intuitiva desconfianza, al extranjero guarecido del implacable sol bajo el raquítico sombraje de un mezquite.

—No es americano, mi general —aventuró con cavernosa voz su mano derecha, Rodolfo Fierro— es franchute.

—No, mi general —corrigió el coronel Miguel Trillo, secretario de Villa— ni lo uno ni lo otro; es alemán.

Sentado bajo la desparramada sombra del improvisado toldo hecho de un lienzo burdamente amarrado a las tembleques ramas de un huizache, Villa observó de nuevo al hombre. Alto, la piel cerúlea, de pelo de lumbre y ojos de hielo; gringo, alemán o francés, a él todos los extranjeros le parecían iguales.

—Dice que trae un mensaje urgente de su... ¿Káiser? O algo así —continuó Trillo divertido.

—Y ¿qué es eso? —Preguntó Fierro haciendo gala de la animadversión que lo mantenía vivo.

—Pos la mera verdad, no sé —respondió Trillo mirando al suelo, como si el polvo que cubría sus ajadas botas pudiera darle una respuesta— pero ha de ser alguien poderoso para haberlo mandado hasta acá.

—Y ¿qué asunto se trae? —Quiso saber Villa mientras se peinaba con una mano la sudorosa mata de pelo y se acomodaba el sombrero.

—No me quiso soltar prenda, mi general; dice que solo con usted lo puede tratar.

—´Ta güeno —consintió el Centauro del Norte— dile que venga.

El hombre se acercó con los nervios de punta bajo un halo de tranquilidad. Se había metido en la cueva del león y no sabía si saldría vivo. Estrechó la gruesa y rasposa mano de Villa y se acomodó sobre una piedra a manera de silla. Trillo y Fierro se alejaron unos pasos, tan solo los suficientes para permitir que la leve brisa que de cuando en cuando soplaba llevara hasta sus oídos las palabras.

El campamento temporal había sido levantado para tomar un descanso del fatigoso viaje ahí, en medio de la desolación, bajo aquel sol que endurecía el caparazón de las tortugas y achicharraba la piel, inmersos en un mar de tierra tan fina como el talco que cubría hasta donde alcanzaba la vista y salpicado, aquí y allá, por algún mezquite, huizache o sediento cactus. Las bestias desensilladas aburridas mataban el tiempo amarradas a las ramas de los mezquites, triscando lo que podían alcanzar, liberadas por ahora de la pesadez de su carga. Los hombres se guarecían de la lumbre del sol en lo alto como podían; algunos permanecían tirados en la tierra caliente cubriéndose la cara con el sombrero, inútil estratagema para descansar los ojos de los brillantes golpes del astro rey, tratando de dormir. Los más afortunados habían amarrado cobijas de algunas ramas y en grupos permanecían sentados a la mezquina sombra, platicando. Pequeños remolinos de tierra se alzaban de cuando en cuando impulsados por el ardiente aliento del desierto.

El extranjero hablaba español con un marcado acento; sus palabras tenían un golpeado sonsonete, más aún que el norteño hablar de los mexicanos. Villa se miró el achocolatado dorso de sus manos requemadas por el sol, de piel gruesa y correosa como la baqueta de la funda de su pistola, fiel reflejo de la vida del campo donde el hombre se vuelve duro como la piedra para sobrevivir en tan penosas condiciones, y no pudo menos que compararlas con las suaves, níveas, casi delicadas y afeminadas manos del alemán.

El general escuchó con calma lo que el hombre le decía. Los contrastes entre ambos eran más que evidentes.

El alemán habló sin tapujos. Alemania se encontraba enfrascada en una guerra en Europa, guerra que estaban seguros ganarían. Pero Inglaterra, que sabía que tarde o temprano claudicaría, gemía como vapuleada dama por la intercesión del Tío Sam y éste, fundido a ella por sus profundas y gruesas raíces, analizaba la mejor manera de salir en su defensa.

Alemania había ideado la manera de entretener a los americanos para que se mantuvieran neutrales y no intervinieran en Europa y la forma de lograrlo era mantenerlos recelosos de un enfrentamiento contra México en cualquier momento, evitando así que desplazaran tropas y armamento al viejo continente.

Si tan solo el general Villa les diera un susto... Alemania estaba dispuesta a apoyarlo; además habría mucho dinero para él.

La última frase convirtió a Villa en un volcán a punto de estallar de coraje, el fuego se adueñó de sus mejillas; se puso de pie haciendo un sobrehumano esfuerzo por controlarse.

—Mire amiguito —le dijo a viva voz— yo no tengo nada contra los americanos. Hasta ahora hemos llevado la fiesta en paz y espero que así sigan las cosas. Los problemas que tengan ustedes no son de mi incumbencia, arréglenlos como mejor les parezca.

—P-Pero, general... —tartamudeó el alemán poniéndose también de pie, empequeñecido ante aquella furibunda mole.

—No quiero volver a tratar el tema. Si me envían otro mensajero con la misma canción, lo mando fusilar en el acto —le aseguró.

—General, si quisiera usted considerar... —balbuceó nervioso.

—¡Y lárguese de aquí, si no quiere que empiece por usted! —Explotó Villa con palabras que le manaban a borbotones al tiempo que echaba mano a su pistola.

Al buen entendedor pocas palabras, el alemán se alejó deprisa ante la mirada hostil de los hombres que prestos a apoyar a su jefe empuñaban ya sus armas.

Berlín

En su elegante oficina que, a pesar de la tormentosa guerra por la que atravesaban, estaba equipada con todas las comodidades el Secretario de Asuntos Exteriores del Imperio Alemán, Arthur Zimmermann, clavaba sus hipnotizados ojos en la nota llegada desde México. Como buen diplomático, cubrió sus sentimientos con una capa de sangre fría.

—Ese Villa es muy terco —comentó— como dicen en México: cuando se monta en su macho no hay quién lo baje.

Al oficial de inteligencia jefe de operaciones, Hanke, sentado del otro lado del reluciente escritorio, el comentario le pasó por las nubes. No entendía muy bien esos dichos mexicanos y la verdad México le parecía un país atrasado y, salvo por su ubicación geográfica ahora de suma importancia para su país, no le veía ningún mérito ni le interesaba conocer algo sobre él.

—Se niega terminantemente a ponerse en contra de los americanos y hasta amenazó con fusilar al mensajero si insistimos —farfulló el secretario con pesadumbre abanicando el aire con el papel.

Francisco Villa se había convertido por ahora en su mejor carta para distraer a los norteamericanos del conflicto europeo. Era un hombre ya muy poderoso en México, comandante del mejor ejército del país y un gran estratega natural. De recio carácter, si se enemistaba con Estados

Unidos tendría a éstos ocupados en el asunto por un buen rato. Sin embargo, ¿cómo lograrlo si él se mostraba tan reticente?

—Quiero que encuentre la forma de hacerlo —indicó el secretario— ponga a todos sus hombres a trabajar en esto; es urgente —recalcó las últimas palabras mirándolo con ojos fieros.

El oficial escondió sus pensamientos, menudo paquete le dejaban. Salió de inmediato a desquitarse con sus subalternos.

Habiendo visto su primera luz en Marggrabova, lugar perdido en el este de Prusia, rodeado de verdores en verano que vestían los pinares apiñados y que en invierno se cubrían con su blanco manto de nieve, Arthur Zimmermann se volcó en la carrera de leyes en Konigsberg y en Leipzig obtuvo su doctorado.

En 1893 ingresó al servicio consular en Berlín donde inició una vertiginosa carrera diplomática sin imaginar entonces lo que el destino le tenía preparado. Su don de gentes, tenacidad y natural ingenio, le permitieron comenzar a brillar entre sus colegas como una naciente estrella en el firmamento internacional. Luego de desempeñar una exitosa labor diplomática en la enigmática China, obtuvo el puesto de Cónsul en 1900.

En la siguiente década, despertando envidias y suspiros, ascendió el escalafón a pasos agigantados. Llegó a ser Subsecretario de Estado y posteriormente, cosechando méritos sembrados en el camino, fue nombrado Secretario de Estado. Ya como tal tomó parte importante en las deliberaciones que se llevaron a cabo junto con el Káiser Guillermo II y el canciller Teobald von Bethmann – Hollweg, donde se tomó la decisión de apoyar a Austria-Hungría después del asesinato del Archiduque Francisco Fernando en Sarajevo y que finalmente condujo a la guerra.

En su despacho presidencial con olor a cuero viejo y moho nuevo, a humedad y a encierro, Venustiano Carranza recibió de plácemes al embajador von Eckhart. Simpatizante secreto de la causa germánica Carranza, como buen político, manejaba las relaciones internacionales con mucho tiento sobre todo ahora que Europa se encontraba enfrascada en una guerra que cada día ampliaba más sus ámbitos.

En vista del aparente fracaso en colocar de su lado a Villa los alemanes, como la serpiente, le tendían ahora la manzana de la tentación a Carranza para ver si la mordía. Con la promesa de ayudarle a consolidar su posición en el país, le pedían a cambio poca cosa.

La propuesta que llevaba el embajador a nombre del Ministro de Asuntos Exteriores de su país, Arthur Zimmermann, le sorprendió tanto por su novedad como por su audacia. El plan había sido meticulosamente preparado por la oficina de operaciones en Berlín y aprobado por el ministro y se lo hacían llegar de manera sumamente confidencial.

Se dividía en dos etapas que buscaban hacer enojar al gigante americano; si la primera parte no era suficiente, se pondría en práctica el plan B.

A Carranza no acababa de convencerle el tomar acciones tan contundentes contra los intereses norteamericanos, amén de las vidas civiles que se perderían; sin embargo, a pesar de correr el riesgo de una intervención armada norteamericana en suelo mexicano, el plan no era del todo descabellado. Si podía colocar a Villa como chivo expiatorio no solo lograría quitarlo de en medio de una vez por todas, cosa que hasta el momento no había podido hacer, sino que él se afianzaría en el poder.

Con largos pasos armó un paseo repetido por la oficina, las manos a la espalda, hilvanando una melodía que retumbaba al chocar los tacones contra la abrillantada duela. De cuando en cuando se mesaba la larga y blanca barba que, aunada a su 1.90 metros de estatura, le daba un aspecto quijotesco. Las encrespadas neuronas de su cerebro hacían girar el plan en todas direcciones buscándole cualquier arista. Su mayor preocupación era que sus acciones provocaran una intervención armada de Estados Unidos en México y así se lo hizo saber al embajador.

—Estados Unidos ha legitimado su gobierno, señor Carranza, por lo que Francisco Villa ha pasado a ser no más que un bandolero para ellos —explicó el embajador— no creemos que se atrevan a llevar a cabo acciones militares dentro de territorio mexicano a causa de un bandido, pero sí tendrían que reforzar militarmente su enorme frontera para evitar cualquier ataque directo contra alguno de sus intereses, por lo que buena parte de sus fuerzas estarían ocupadas en esto.

—El general Obregón y yo estuvimos en El Paso platicando con los mineros norteamericanos, y les aseguramos personalmente que nada tienen que temer al seguir operando sus minas en México. ¿Cómo quedaríamos ante el gobierno de los Estados Unidos al realizarse la primera parte del plan? —Tanteó el terreno Carranza.

—Ustedes serían los más sorprendidos por la acción, por supuesto —contestó el embajador con un zorruno brillo en sus ojos— y les asegurarían a los norteamericanos que contarían con todo su apoyo para deshacerse del bandolero.

—Cosa que es verdad— afirmó categórico el viejo— si hubiera podido, hace mucho tiempo que lo habría quitado de en medio —murmuró mientras un sordo rencor se deslizaba por sus neuronas impidiéndole pensar con claridad.

—Sabemos que sus diferencias con el general Villa son irreconciliables —atizó el fuego— le ofrecemos una excelente manera de deshacerse de él —remató el embajador arrojando veladamente la carnada.

Carranza se deslizó en la silla presidencial rematada en el respaldo por el águila nacional bellamente tallada en madera y apoyó los codos en la reluciente superficie del escritorio. Tras los redondos espejuelos, la penetrante mirada del presidente buscaba desmenuzar los pensamientos del embajador, intentando revelar sus verdaderas intenciones. Sabía que la situación en México les importaba un bledo y que buscaban sacar el mejor partido para su causa; era evidente que temían enfrentarse a las barras y las estrellas y preferían mantenerlas fuera del conflicto europeo, sin embargo, no le gustaba de idea de tener que ser él quien le jalara la cola al gato como una distracción. No le agradaba pensar en sí mismo como un conejillo de indias. Había mucho en juego, inclusive su propia vida.

Todo esto relampagueaba en la mente de Carranza mientras se mesaba la barba sin quitarle los ojos de encima al embajador.

—Le entregaremos al general Villa en bandeja de plata —prometió ufano Von Eckhart— necesitamos su autorización y su apoyo.

Pareció haber un chisporrotear de fuego tras los espejuelos de Carranza. Por más vueltas que ya le había dado al asunto, no había encontrado forma alguna de deshacerse de Villa, y éste seguía alborotando a la gente en su contra y provocando enfrentamientos con saldo de muchos muertos. Tendría que jugar sucio si quería salir avante y lo que estaba en juego bien valdría soslayar algunos principios moralistas.

—¿Cuándo vienen los ingenieros norteamericanos? —Preguntó el embajador con zalamería.

—El nueve de enero —respondió Carranza jalando sus pensamientos a la realidad - viajarán de El Paso, Texas, a la mina Cusi, en Cusihuiriachi, Chihuahua —agregó.

—Eso lo sabemos —aclaró el embajador con la sonrisa del gato que ha acorralado al ratón.

Un atisbo de sorpresa cruzó fugazmente el pétreo rostro del presidente.

Hacía apenas unos días que habían llegado al acuerdo con los mineros; evidentemente el espionaje alemán hacía su tarea y obtenían información de fuentes muy altas. Recordó que lo difícil no era llegar al poder, sino mantenerse. ¿Cuántos de sus más fieles súbditos deslizarían información a sus espaldas?

Capítulo Dos

El cielo se amorataba sobre nubes incendiadas cuando la brillante serpiente de acero proveniente del norte disminuyó su velocidad al acercarse a la estación de Santa Isabel. Agazapados a los lados de la vía entre los entecos matorrales, como jauría de lobos salvajes prestos a darse un festín, enardecidos bajo la palidez que la luna llena desparramaba, un grupo de hombres armados encabezados por Pablo López y José Rodríguez la detuvo al grito de ¡Viva Villa!

Pistola en mano las dos hienas abordaron un vagón de pasajeros donde encontraron a los ingenieros americanos y sus trabajadores, lívidos y enmudecidos por la sorpresa y el miedo. A punta de maldiciones los hicieron descender del tren y los formaron junto al vagón custodiados por el resto de los hombres.

—No estamos armados —se atrevió a decir el ingeniero que llevaba la voz cantante— venimos a trabajar.

Pablo López se acercó a él lentamente, como comprando sus pasos, con la torva mirada del chacal que sabe indefensa a su presa.

—Tenemos la promesa de su gobierno de salvaguardar nuestras vidas —insistió el ingeniero demostrando un valor tan falso que más pareció cobardía.

El golpe seco, rotundo, inesperado, con la pistola lo hizo rodar por tierra escupiendo sangre.

—¡Las promesas de Carranza aquí no valen! —Les grito López fulminando al grupo con la mirada— al menos no en el territorio de mi general Villa.

El miedo se apoderó de los americanos, frentes sudorosas, manos temblorosas; lenguas que olvidaban el idioma.

—Y ahora quiero saber de qué lado están ustedes —continuó López torciendo la boca en una mueca que en su bestial rostro quiso ser una sonrisa.

Nadie se atrevió a contestar. La garganta apretada por los tentáculos del pulpo del terror les sofocaba la voz y sentían el agitado pecho falto de respiración, oprimido por el peso del temor a la muerte, que ahora los miraba de frente.

—Bueno, bueno, quiero oír como gritan ¡Viva Villa! —Los arengó.

Apenas silbantes pitidos se alzaron de las resecas gargantas.

—¡Que se oiga, cabrones! —Escupió uno de los empistolados.

—Viva Villa —elevaron la voz.

—¡Más fuerte!

—¡Viva Villa! —Ladraron de miedo todos.

—Sí —murmuró López burlón— viva Villa.

Con veloz movimiento levantó la pistola y disparó; sin vacilación, sin piedad; como un depredador acostumbrado a matar. Su mente no conocía ya el remordimiento, vencido éste por su amor al dinero. El hombre a quién había golpeado cayó como un fardo con un agujero en la cabeza, abrevando la reseca tierra con su carmesí río de la vida. Rápidamente José Rodríguez, embriagado por el olor a sangre, comenzó a accionar su arma tocando una dantesca melodía que enviaba a los inermes y asustados prisioneros a bailar en brazos de la muerte. Los ecos de los disparos se perdían bajo el oscuro manto de la noche. Los cuerpos caían pesadamente manando sangre a borbotones quedando, inanes, en las más grotescas posiciones.

Entre los dos pronto dieron cuenta de casi todos los infelices, mientras sus secuaces se aseguraban de que nadie pudiera escapar. Antes de dispararle al último hombre, Rodríguez echó una fugaz mirada a López; éste le hizo un leve, mutuamente entendido movimiento con la cabeza; tronó el disparo y el cuerpo cayó, pero bien sabían que el infeliz no estaba muerto, solamente lo había herido.

—Así se cumplen las órdenes de mi general Villa —dijo López en alta voz como una arenga para sus hombres, pero con la finalidad de que el herido lo oyera— él dijo que iba a acabar con todos los gringos que hubiera en Chihuahua.

Convirtiéndose en centauros desaparecieron del lugar como demonios. Luego de devorar el polvo con los cascos de sus corceles, se reunieron con otro hombre que había observado todo a la distancia y juntos buscaron la seguridad de un lugar más alejado.

—¿Seguros que no mataron al último? —Preguntó el hombre con acento alemán después de haberse detenido en un paraje y apeado del caballo.

—Seguros, señor Wertz —contestó López con la estropajosa voz de un ebrio de sangre.

—Necesitamos un testigo para que afirme que fueron las fuerzas de Villa quienes cometieron el asesinato —puntualizó el extranjero.

—El hombre hablará, señor Wertz, no lo dude.

El alemán sacó una bolsa con monedas de oro y bruscamente se la arrojó a López quién la recibió con el amor de Judas a sus treinta monedas.

—Buen trabajo —remató.

Luther Wertz, espía alemán en México, había contratado a Pablo López y José Rodríguez para que junto con un grupo de hombres sin escrúpulos se hicieran pasar por fuerzas villistas y masacraran a los mineros americanos. La primera parte del plan de Jahnke se había llevado a cabo. Si esto no fuera suficiente para encender a los estadounidenses contra Villa pondrían en marcha el plan B.

La opinión pública norteamericana estalló salpicando chispas como un cohete. En El Paso, Texas, casi se amotina la gente al llegar los cadáveres de los mineros. El magnate del periodismo William Randolph Hearst gritó a voz en cuello en todos sus diarios arengas contra Villa; la ofensa no debería quedar impune. En México el diario El Universal, de tendencia Carrancista, espejeando al corrillo norteamericano no bajaba a Villa de bandolero y asesino.

El mismo Carranza aprovechó el momento para vilipendiar a su odiado enemigo. Villa se había enojado con los americanos —decía Don Venustiano— porque éstos reconocieron al gobierno carrancista y permitieron usar territorio yankee para que las tropas del gobierno fueran a buscar al Centauro del Norte.

La mesurada voz de Woodrow Wilson el presidente norteamericano, impuso la cordura en las acciones a seguir y, aunque se reforzó militarmente la frontera, una intervención armada en México estaba por ahora descartada.

El gobierno norteamericano envió, desde luego, una carta de protesta a Venustiano Carranza quien se comprometió a realizar las acciones necesarias conducentes a aprehender o liquidar a Villa; como si los gringos no supieran que Carranza tenía esas intenciones de tiempo atrás, solo que de ahí no pasaban y no porque no quisiera, sino porque Villa siempre andaba un paso adelante, a salto de mata y con los ojos muy abiertos.

Conforme pasaba el tiempo, sin embargo, aquellas lenguas de fuego tornáronse solo cenizas y el incidente pronto quedó relegado a segundo plano. En ese momento los americanos estaban muy ocupados con la tensa situación en Europa y todo quedó, finalmente, en una llamarada de petate.

El embajador alemán, von Eckhart, se apareció de nuevo ante Don Venustiano como ave de mal agüero.

—Los americanos no mordieron el anzuelo —soltó a quemarropa inmediatamente después de los saludos, emanando un acre tufo a disgusto.

—En verdad se han visto muy cautelosos —comentó Carranza con un escudo de tranquilidad, más preocupado en esos momentos por la política interna que por la externa.

—No son tontos, mi amigo —explicó taimadamente el embajador— les debe haber parecido extraño que su gran amigo Francisco Villa realizara una acción como esa. Aunque tiene un carácter explosivo saben que no se vengaría con civiles desarmados.

Al principio Carranza pensó que los rubios bárbaros del norte vendrían echando pestes contra México, pero el asunto no pasó del fútil intercambio de algunas notas diplomáticas.

¿Cuál sería el siguiente paso? Llevar a efecto la segunda parte del plan.

—¿Por qué no El Paso? —Preguntó Carranza.

Los pensamientos del embajador se mezclaban con las volutas de humo de su cigarrillo que terminaban perdiéndose en la nada.

—Villa tiene muchos amigos ahí —respondió volviendo a la tierra de su viaje sideral— por otro lado, El Paso está muy bien resguardado por Fort Bliss. La acción defensiva sería muy rápida y efectiva y nuestra misión podría no solo fracasar, sino peor aún, ser descubierta; no, un lugar pequeño es mejor. Columbus, Nuevo México es ideal; se encuentra muy cerca de la frontera y la guarnición militar es pequeña. Además, ahí vive un comerciante en armas que le ha quedado mal a Villa, un tal Rabel, y Villa quiere desquitarse; entonces, ya tenemos el chivo expiatorio —mostró los dientes amarillentos por el cigarro en una mueca que luchaba por ser una sonrisa.

—Espero que esta vez corramos con más suerte —acotó Carranza escupiendo su molestia.

—Vamos a clavarle una espina en la pata al león, y ya veremos cómo reacciona —concluyó el embajador.

Marzo, 1916.

Luther Wertz había comprado en oro las conciencias de López y Rodríguez y ya los tenía asegurados para el siguiente encargo. Consiguieron un tipejo que se parecía físicamente al general Francisco Villa, daba el peso y la estatura y con un sombrero bien calado cualquiera lo confundiría. Algunos soldados carrancistas se disfrazaron de villistas y reclutaron mercenarios que no conocieran personalmente a Villa para que los ayudaran siguiendo las órdenes del impostor.

Alrededor de cuatrocientos jinetes tomaron un respiro cerca de la frontera; prohibido encender fogatas para no delatar su presencia. No bien comenzaba a quebrarse la noche en el horizonte cortaron los alambres de la línea divisoria y como infeccioso virus que ataca a hurtadillas se internaron en territorio norteamericano cobijados por el negro terciopelo de la noche. Columbus, Nuevo México, se encontraba en brazos de Morfeo.

Siguiendo el muy bien estudiado plan indicado por Wertz, se dividieron en dos columnas. Una se dirigió hacia la cercana guarnición militar. Al avistar a los despistados centinelas, algunos hombres, mordiendo sus cuchillos, reptaron sigilosamente y los degollaron como a cerdos, envueltos en un silencio sepulcral. El resto se aprestó a rodear la guarnición.

La otra columna comandada por el supuesto Villa dirigió sus cabalgaduras al pueblo, inmerso aún en la oscuridad, donde solo la mortecina luz de algún quinqué hacía danzar las sombras al compás del silbido del viento aquí y allá. El *general* y sus dos ayudantes, para evitar cualquier sorpresa como ser capturados, supervisarían la acción desde fuera. El grupo se desparramó con sus corceles inundando la calle principal, queriendo apagar las estrellas con sus balas y gritando vivas a Villa.

Como Wertz tenía informes de que Rabel probablemente se encontraría en el Hotel Comercial, de su propiedad, hacia allá se dirigió una parte de la columna. A tiros y culatazos se comieron la puerta principal y entraron en tropel. Desde el segundo piso, un par de cowboys a dos pistolas cazaron a los primeros en entrar, antes de caer abatidos por el fuego de fusilería de los que venían detrás.

El interior del hotel se volvió un pandemonio; los aterrorizados huéspedes arrancados de sus sueños hacia una pesadilla corrían como alma que lleva el diablo en paños menores sin atinar bien a bien como escapar del despiadado ataque. Aquello era un manicomio, tan locos se habían vuelto víctimas como victimarios. Un grupo de *villistas* subió al segundo piso y desgajó de sus habitaciones a un par de americanos a quienes arrastraron hasta abajo; a pesar de las súplicas de los infelices los ejecutaron en el lobby sin más miramientos.

El saqueo se generalizó; entre aullidos aterradores, algunas mujeres caían presas de ataques de nervios, dejando la piel de la cara en las uñas hasta parecer atacadas por un rabioso gato montés.

El encargado del hotel, paralizada la lengua de terror y con una incontinente mancha húmeda que iba creciendo por la entrepierna, les informó que Rabel no se encontraba ahí. Un día antes había salido para El Paso pues le dolía una muela y en el pueblo no había dentista.

Luego de cebar la ira de no encontrar a su presa en lo que tenían a mano, la manada de chacales hicieron del hotel una pira y salieron a la calle, que para entonces mostraba en carne viva los infiernos de Dante: la densa oscuridad era lamida ya por enormes lenguas de fuego que se alzaban no solo del hotel sino de las otras propiedades de Rabel, irradiando imágenes de aterrorizados hombres que corrían sin saber a dónde, atacantes disparando y tomando a las mujeres que podían a quienes violaban salvajemente mientras los cuerpos de los menos afortunados yacían inertes sobre la tierra, que con avidez bebía aquel manantial de sangre.

Al primer atronar de las armas como un toque de diana, en la guarnición militar comenzó el movimiento; demasiado tarde, pues ya se encontraban rodeados. Trataron de romper el cerco infructuosamente; varios fueron acorralados en las caballerizas y solo la ligereza de sus piernas, provistas de alas por el miedo, les permitió salvar la vida.

Un mayor se atrincheró en su casa defendiendo a punta de pistola, como león en celo, las vidas de su esposa y dos señoras más que se encontraban ahí.

Un grupo de soldados norteamericanos se dirigió a sacar las ametralladoras, pero se encontró con que estaban encerradas con candado, ordenado esto por el temor que había entre la oficialía de que fueran vendidas a los villistas en cuatrocientos o quinientos dólares por los mismos soldados. Ante lo feroz del ataque, la desesperación los hizo volar los candados para sacarlas; no bien habían logrado emplazar algunas, y antes de que pudieran lanzar su mortífero aliento, comenzó la retirada del enemigo.

La oscuridad de la noche palpitaba en estertores con el rojo relumbrar de las llamas que consumían buena parte del pueblo.

El lúgubre crepitar del fuego y los gritos de dolor de los heridos, barridos por el viento, eran los únicos sonidos en aquel espectral espejismo al perderse en la lejanía el fantasmagórico ruido de los galopes.

Cual nocturnos demonios de una horrible pesadilla, los ágiles jinetes fueron tragados por las sombras internándose en territorio mexicano.

Wertz y sus cómplices no cabían de alegría, todo les había salido a pedir de boca. En cuanto estuvieron suficientemente dentro de México les dieron un descanso a sus agitadas cabalgaduras. Sin hacerse esperar, con gesto grandilocuente,

Wertz sacó de sus abultadas alforjas el resto del oro prometido recompensando por la orgía de sangre al par de desalmados asesinos.

La deleznable misión había sido cumplida.

La afrenta cayó como bomba en todo el territorio norteamericano. Hearst y su monstruo de mil cabezas con cada publicación demandaron del gobierno la directa intervención en México para lavar aquella ignominia. Washington envió enérgicos telegramas de protesta a la Ciudad de México, los que fueron contestados por Carranza tibiamente apelando al derecho internacional, comprometiéndose a tomar acciones para evitar que se repitiera un acto de esa magnitud.

Pero al norte del río Bravo estaban cansados de promesas de seguridad y la salvaje violación de su territorio fue la gota que derramó el vaso. Se había despertado un sentimiento antimexicano en todo el país y el máximo representante del pueblo no podía quedarse con los brazos cruzados.

Se formó con la urgencia que el caso ameritaba una expedición militar a la cabeza de la cuál iría, con más huesos que carnes en su cuerpo, el enjuto y correoso general John "Black Jack" Pershing, antiguo conocido de Villa. Sin esperar autorización alguna del gobierno mexicano, con el recuerdo de tiempos pasados y escudándose en un antiguo telegrama enviado por Carranza donde estaba de acuerdo en que los ejércitos de ambos países podían cruzar la línea divisoria en busca de delincuentes, profanaron con su planta suelo mexicano.

Para evitar el escozor al encontrarse cara a cara, Carranza ordenó que las unidades cercanas del ejército federal se replegaran y dejaran el paso libre a la llamada Expedición Punitiva.

Francisco Villa, que cuando sucedió el incidente de Columbus se encontraba en Sabinas, Coahuila, envió desde luego un telegrama a Washington poniéndose a disposición de las autoridades de aquel país para aclarar el malentendido, sin embargo, el belicoso gigante del norte no entendía ya de razones. La consigna era atraparlo vivo o muerto.

Villa, sin suficientes fuerzas militares para enfrentarse a los belicosos invasores y sin la menor intención de hacerlo, disolvió lo que poco que para entonces le quedaba de ejército y con una escolta de ciento cincuenta hombres se refugió en los brazos de su antigua amante, la serranía, como el hijo prodigo que retorna al regazo de su madre.

La Expedición Punitiva iba cargada hasta con las más modernas águilas de acero para buscar por aire al bandolero y asesino, como ahora lo consideraban, y atraparlo entre sus garras. Se internaron en el estado de Chihuahua como quién va a un día de campo. Repartieron y pegaron carteles con la imagen de un Villa que devolvía una sonrisa burlona desde el papel y el nombre de algunos de sus allegados, con cinco mil dólares de tentación estampados para el judas que lo traicionara.

A medida que abrían los ojos a la idiosincrasia mexicana se dieron cuenta que la población entera, tanto de ciudades como de rancherías, apoyaban y ayudaban al bandido. De hecho, ni siquiera habían podido verlo; no tenían la más remota idea de dónde pudiera estar.

Los militares de allende el río habían recibido órdenes terminantes de evitar hasta el más mínimo roce con la población civil que los veía como invasores y trataban de poner cualquier cantidad de obstáculos a su avance. Sistemáticamente se negaban a proporcionarles agua o alimentos y mucho menos alguna información sobre el fugitivo que para ellos era un héroe.

Cuando la expedición entró en Parral, la población se amotinó en su contra. Azuzados por una joven y angelical mujer de la mejor sociedad, *un soldado en cada hijo te dio*, los llenaron de improperios. Los ánimos se fueron caldeando y a poco, *el acero aprestad y el bridón*, armados con fusiles, viejas espadas y hasta piedras, les exigieron salir de la ciudad. Los militares se replegaron tratando de evitar el conflicto, pero las heridas causadas por aquel extraño enemigo estaban ya en carne viva y un momento después retembló en sus centros la tierra. La primera que disparó fue la victoria alada que los encabezaba, quien, arriesgando reputación, honor y vida los encaró con decisión. Cayó muerto el primer soldado gringo y algunos heridos. Atropelladamente su comandante los sacó del lugar.

En adelante prefirieron evitar el contacto con las ciudades, visto que solo encontrarían repudio, y se concretaron a buscar en despoblado.

Villa, que en una batalla anterior contra fuerzas carrancistas había sido herido debajo de la rodilla izquierda por una bala perdida, se ocultó en una cueva prácticamente inaccesible en lo más alto de la encrespada serranía. Recostado sobre una raída cobija que intentaba inútilmente disfrazar la dureza del piso, con una piedra por almohada y echando pestes, se dispuso a convalecer en aquel paleolítico hospital. Falto de atención médica la herida se le infectó, llenándose de una sustancia blancuzca, purulenta, que como un volcán de podredumbre exhalaba fuera de la pierna su fétido olor. La piel alrededor le brillaba de tan tirante, intentando soportar la presión de aquel líquido putrefacto que terminaba por ganarle la batalla. Había alcanzado tal dimensión lo acumulado que habían tenido que desgarrarle el pantalón ante la imposibilidad ya de quitárselo. El olor a muerte inundó la cueva obligando a los presentes a intentar conjurarlo tapándose la nariz con la mano, paliacate o hasta con la manga de la camisa; en alguno se despertó el involuntario reflejo del vómito, duramente contenido más por miedo al general que por urbanidad. La fiebre comenzó a hervirle las entrañas y a subir, quemante como la lava arrojada desde el interior de la tierra, a su cerebro, obnubilando por momentos su mente. El lacerante dolor agrió aún más su ya de por sí difícil carácter. Arisco y malhumorado yacía en un grito, debilitado y casi incoherente.

Desde aquella llaga abierta en la piedra cerca de donde vuelan los buitres se podía ver a lo lejos a las columnas de sabuesos norteamericanos que inútilmente husmeaban en cada hondonada y recoveco, y en alguna ocasión una de estas acampó tan cerca de la cueva que hasta ellos llegaba el eco del cántico de los soldados.

Capítulo Tres

En la ciudad de los palacios Carranza seguía con creciente intranquilidad la delicada situación. Mantenía su orden de evitar un contacto directo entre las tropas de ambos países, pero la cada vez más airada y agresiva opinión pública exigía tomar acciones contundentes.

—La cosa se está complicando más de lo que imaginé —le reprochó exhalando un dejo de preocupación al embajador alemán, cortando de tajo el denso silencio de su despacho en Palacio Nacional.

—Tranquilícese amigo mío —le contestó éste tratando falsamente de restarle importancia al asunto— mi gobierno está muy al pendiente de la situación y dispuesto a apoyarlo en cualquier momento.

Carranza nunca creyó posible que los americanos se atrevieran a cruzar la frontera por un bandido, echando por tierra todos los tratados y pisoteando el derecho internacional; si acaso le había cruzado por la mente en un mal sueño, pero para su desgracia esa pesadilla se había vuelto realidad.

—Nosotros tampoco pensamos que llegaran a tanto —lamió la herida el embajador— una masiva concentración de fuerzas militares en la frontera era todo lo que esperábamos.

—Están obsesionados por atrapar a Villa —comentó Carranza mirando de reojo la sarcástica sonrisa que inundaba la cara del diplomático - por mí que lo maten lo más pronto posible, pero ese escurridizo ratón se ha vuelto ojo de hormiga.

—Ojo de hormiga —repitió el embajador divertido por la idiosincrasia mexicana— excelente comparación.

Carranza le resbaló una mirada con rostro acartonado; para él no era nada divertido. Toda la faramalla amenazaba con salirse de control; comenzaban a darse incidentes entre la población civil, mexicanos y patriotas al fin, y los militares invasores y no quería que los encuentros pasaran a mayores. En estos momentos otra guerra contra Estados Unidos sería una catástrofe. A pesar de que el ejército estaba muy experimentado por la lucha intestina que se libraba y que en eso superaba con creces al norteamericano, la avanzada tecnología de aquel era un punto importante a su favor. Estaba de acuerdo en ayudar a los germanos, pero no a costa de su propia cabeza.

—¿Han averiguado algo sus espías sobre el paradero de Villa? —Le soltó Carranza a boca de jarro.

—Mis hombres están trabajando, platicando con la gente, pero hasta ahora tal parece que nadie sabe nada.

—¡Por supuesto que saben! —Rugió su descontento el presidente— pero lo están escondiendo.

—Parece que el general Villa es muy querido en el norte —comentó von Eckhart con el pitillo en los labios, dejando que su mirada se diluyera entre las volutas del humo.

—Querido o no, tenemos que acabar con él.

El embajador se prendió con avidez del cigarrillo y vomitó hacia arriba el insustancial, blanquecino aliento, replicando un genio que saliese de su prisión de mil años en una botella. Su mirada perdida en el techo de la habitación parecía buscar entre el costillar de vigas la forma de hilvanar sus ideas.

—Parece que Villa está herido —dijo al fin mascando cada palabra.

Los generalmente inexpresivos ojos de Carranza extrañamente parecieron cobrar vida y una macabra luz de muerte destelló en su interior.

—¿Herido? ¿Cómo lo sabe? —Preguntó con premura mientras un escalofrío se deslizaba por el tobogán de su espalda - dice usted que nadie suelta una palabra.

—Un herrero llamado Enriquetti fue secuestrado para atender a un herido de bala en una pierna —dejó colgar un espectral silencio para dramatizar aún más sus siguientes palabras— el herido era nada menos que el general Francisco Villa —sus ojillos se aferraron al rostro del primer mandatario.

—¿La herida era de gravedad? —Quiso saber el viejo relamiéndose los bigotes.

—El general estaba muy adolorido y de muy mal humor; amenazó con matarlo si no lo curaba.

—Y, ¿lo curó? —Preguntó tratando de cubrir inútilmente la aprensión de su voz con un velo de tranquilidad.

—El hombre es herrero no médico, mi estimado amigo —otra larga, desesperante fumada al cigarrillo antes de continuar— el general lo corrió en medio de toda clase de insultos.

—Para variar —masculló Carranza— y, ¿cómo lo supieron?

—El herrero se lo contó a su esposa, ésta a una amiga y...

—Entonces, no es seguro —el enfado del viejo fue evidente.

—Son los dichos de la gente, señor presidente —replicó impávido el embajador— en estos momentos, nada es seguro.

La mirada de Carranza se perdió en el infinito. Su mano mesaba inconscientemente la larga barba como quién acaricia un gato ¿Sería tanta su suerte que una herida mal atendida le quitara de en medio a su odiado enemigo? Por lo pronto, tendría que seguir haciéndose de la vista gorda para evitar un enfrentamiento directo con el ejército del norte y esperar que más pronto que tarde le echaran el guante al bandolero ese.

En Berlín, el ministro Zimmermann brincaba de alegría por el resultado obtenido; mejor que sus más optimistas expectativas. El gigante por fin había despertado y sus sonoros pasos retumbaban dentro de su vecino del sur. Mientras los norteamericanos se mantuvieran dentro de territorio mexicano, ellos podían estar casi seguros de que no intervendrían en el conflicto europeo. Aquello se había convertido en la distracción perfecta y los alemanes estaban dispuestos a apoyar a Carranza, a Villa o al que fuera con tal de que la tensa situación se prolongara el mayor tiempo posible.

Por lo pronto ya tenían en su nómina a varios periódicos mexicanos para que la sangre negra corriera a favor de su causa. Uno de los más importantes diarios era El Demócrata, que vio la luz primera el 15 de septiembre de 1914, y al que se le tenía asignado un pago de ocho mil pesos mensuales y papel en una cantidad que no debía ser menor de $26,000.00 pesos al mes. También realizaban pagos a El Boletín de Guerra que recibía dos mil pesos al mes y papel; le seguían otros diarios menores a los que también apoyaban. Tener al pueblo mexicano a favor de su causa era fundamental y para eso la publicidad jugaba un papel preponderante.

Por otra parte, la labor del embajador en México, Von Eckhart, resultaba poco menos que excelente. Además de mantener enganchados a muchos de los periódicos, había tejido una muy bien estructurada red de espionaje en el país que incluía, además de Wertz que era uno de los más activos, a gente como el mayor Ricardo Shwierz, miembro del estado mayor del general Calles, Ricardo Everbush, Cónsul de Alemania en Tampico y otros.

Si podían mantener la tensión entre México y Estados Unidos y aumentaban el ataque a los ingleses con una guerra submarina ilimitada, como lo pregonaba el Alto Estado Mayor Alemán, cabría suponer que éstos últimos se rendirían en un plazo más o menos corto.

Zimmermann sonrió satisfecho, las cosas estaban saliendo a pedir de boca.

Sí, parecía una empresa fácil; pan comido. Solo debían cruzar la frontera con un ejército y la más alta tecnología, aviones para buscarlo por aire, y al poco tiempo atraparían al bandolero de Villa. Lo llevaría en una jaula para exhibirlo, según Pershing.

Sin embargo, tras el inexorable paso del tiempo, la verdad es que no tenían ni la más remota idea de dónde encontrarlo. Mapas en mano peinaron el estado de Chihuahua y cruzaron a Coahuila; volvieron sobre sus pasos, caminaron en círculo. Los carranclanes, vulgarmente llamadas así las tropas carrancistas, también querían echarle el guante, pero lo mismo que los norteamericanos, no veían del llamado Centauro del

Norte ni el polvo; buscaban un verdadero fantasma. Atravesaron el desierto, subieron las montañas y ni en el polvoso calor de los llanos, ni en la fría altura de la sierra vieron algo que se asemejara siquiera a la tan buscada presa.

Los reportes a Washington, al principio cargados de optimismo, comenzaban a llegar plagados de excusas. Que si los civiles le ocultaban, que si los aviones no podían localizarlo por la tupida vegetación de la sierra, que si sus hombres se deshidrataban por el inclemente calor del desierto, que si no contaban con los elementos suficientes...

Si más soldados era lo que se necesitaba, pues allá van más contingentes. Y seguían llegando, y seguían buscando; y el resultado era siempre el mismo: nada.

Las fricciones con los mexicanos iban en aumento, tanto en número como en importancia; ya no solamente los civiles les eran francamente agresivos, incluso se llegó a dar intercambio de disparos entre las fuerzas expedicionarias y los carrancistas, pues algún militar de este lado, como buen mexicano, se le puso al tú por tú a los gringos que profanaban con su planta el suelo patrio.

El descontento de la gente del norte, y el que empezaba a germinar ya en otras partes del país, hicieron que Carranza exigiera al gobierno norteamericano que las fuerzas expedicionarias salieran de territorio nacional y se apostaran allende las fronteras, y ofrecía continuar la búsqueda del bandido con su propio ejército. Esta medida le permitiría dar una clara imagen de hombre fuerte ante un adversario poderoso, sin menoscabo de su secreto apoyo a los alemanes.

Por su lado, los ingleses abrumaban a Washington para que hicieran un frente unido en su lucha contra Alemania pues estaban seguros de que solos, tarde o temprano, caerían ante las poderosas embestidas teutonas.

El gobierno norteamericano se encontraba ante una disyuntiva: mantener la fuerza expedicionaria en México y no intervenir en Europa, o retirar a sus hombres y buscar un pretexto para adherirse a los ingleses porque, además, hasta ahora, no había una razón de peso para hacerlo.

Tampoco deseaban embarcarse en otra guerra contra México, y si las cosas continuaban como hasta entonces, esa posibilidad comenzaría a tocar la puerta.

Al presidente Woodrow Wilson no lo calentaba ni el sol por los paupérrimos resultados de la expedición. Personalmente recomendaba detener la búsqueda, regresar a los contingentes enviados y esperar a que hubiera nuevas elecciones y se promulgara una nueva constitución en México.

Atendiendo su solicitud, el congreso decidió tragarse su vapuleado orgullo y llamar a la expedición punitiva de regreso a su país. Pershing volvió con la jaula vacía y la cola entre las patas. Tuvieron varios muertos y otros más lesionados, principalmente por choques contra la población civil, pero la herida más dolorosa y profunda la traían en su orgullo; la aventura había tenido un precio enorme para Estados Unidos, tanto económico y político cuanto en prestigio para su ejército. Resultado final: nada. Jamás lograron ni olfatear el rastro del guerrillero mexicano.

Los submarinos alemanes serpenteaban silenciosamente bajo las aguas como tiburones en busca de presas y comenzaron a hundir a cualquier barco mercante con bandera inglesa; en algunos viajaban norteamericanos, pero ¿Cómo saberlo? Con el número de víctimas yanquis en aumento, comenzaba a irse por los cielos también la posibilidad de que Washington decidiera intervenir.

Zimmermann sabía que con el apoyo de otros países Alemania pronto podría darle la puntilla a su enemigo. Japón sería perfecto; el enano belicoso tenía una historia salpicada de agresiones hacia China en busca del tan preciado territorio del que carecían. Si los ayudaban a sentar sus reales en Europa, entonces ellos los apoyarían en su política intervencionista y, quién sabe, quizá hasta les tocaría una tajada de Asia. Pero por el momento no creía conveniente hacerles una invitación directa para entrar a la guerra de su lado; sin embargo, si fuera hecha a través de un tercero, como México, el resultado final podría cuajar mejor.

Por otra parte, una vez que el vapuleado Goliat salió de México humillado, para desquitar su furia e impotencia el dirigir sus pasos al conflicto europeo se veía cada vez más inminente.

El ministro sabía que México era clave para los planes expansionistas germanos; ningún país con mejor ubicación para mantener en jaque a los americanos. La respuesta a la agresión invadiendo territorio mexicano había sido la mejor prueba, pero desgraciadamente no había durado lo suficiente. Debía encontrar la manera de provocar un conflicto directo entre ambos países, lo que dejaría a Inglaterra al descubierto, y buscar una alianza con Japón. Para esto sería necesario ofrecer a los mexicanos una carnada tan apetitosa que no vacilaran en morderla.

Carranza respiró aliviado al saber que los yanquis salían de México. Lamentaba, sin embargo, que se fueran con la jaula vacía; no habían logrado echarle el guante a Villa, que seguiría siendo una piedra en el zapato. Por lo pronto se conjuraba la amenaza de una nueva guerra entre ambos vecinos y él podría tener un respiro de tranquilidad.

Lo que era bueno para México no lo era tanto para Alemania pues los ojos del gigante se dirigían ahora hacia allá y la amenaza de una unificación de intereses con Gran Bretaña aumentaba.

—Lo felicito, señor Carranza —con un dejo de ironía le espetó el embajador Von Eckhart.

El viejo lo miró desde el fondo de sus ojos sin decir palabra mientras se desplazaban por el relajante verdor del jardín, atravesando la perfumada humedad suspensa en el aire de la naciente mañana. El aroma de rosas, jazmines y otras flores que salpicaban con sus colores la verde monotonía, daba un descanso al olfato del tufo a cigarro que manaba por cada poro de la piel del embajador. Carranza casi podía apostar a que ese vicio lo mataría.

—¿Por qué? —Preguntó al fin sin perder detalle de una abeja que le hacía caravanas a una rosa.

—Por la forma en que manejó la situación durante la invasión norteamericana; su estira y afloja nos permitió ganar tiempo —afirmó siguiendo con los ojos la mirada del presidente.

—Las cosas se complicaban cada día más —admitió el primer mandatario resignado, sin dejar de observar el cortejo de la abeja— comencé a temer que nos involucraríamos en una guerra contra el vecino —buscó en algún gesto la reacción del embajador, a sabiendas que los alemanes habrían saltado de alegría de haber sucedido así— me alegro de que todo haya terminado

—Villa sigue libre en el norte, señor Carranza, y eso los seguirá incomodando – comentó mirando a la abeja que ya se alejaba con un triste zumbido, rechazada por su amada.

—A mí también —aclaró Don Venustiano— la lucha interna continúa, señor embajador; las guerrillas de Villa y de otras facciones mantienen dividido al país.

—Un frente común— soltó entre dientes el embajador como quién piensa en voz alta.

—¿Perdón?

—Su pueblo necesita tener un frente común, algo que los unifique.

—Y este puede ser… —intencionalmente dejó colgada la frase.

—El káiser tiene grandes planes para su país, señor Carranza, puede creerme —comentó von Eckhart tratando de desviar la conversación del tema principal— no sería prudente adelantar nada en este momento, pero puede estar seguro de que estamos de su lado.

Carranza respondió con un suspiro. De su lado —repitió para sus adentros, invadido de un sentimiento de soledad. Sabía que estaban de su lado porque así convenía a sus intereses, pero en cualquier momento le podrían dar la espalda. Era un viejo lobo en la política y había aprendido que no podía confiar en nadie; en estos menesteres no existían amigos, solo aduladores por conveniencia.

Arthur Zimmermann, el Jefe de Operaciones de Inteligencia Jahnke, miembros del Estado Mayor Alemán y el mismísimo Káiser Guillermo II se veían las caras en un elegante y solemne salón del castillo de Pless.

Al inicio de la guerra un sigiloso tiburón alemán por error había depositado en el fondo de los mares al trasatlántico de lujo *Lusitania* arrastrando bajo las aguas a 1198 almas, entre ellas 128 civiles norteamericanos. El submarino había disparado sus mensajeros de la muerte sin salir a la superficie, confundiendo al trasatlántico con un navío de guerra; la acción hizo montar en cólera al presidente estadounidense Woodrow Wilson. La diplomacia alemana tuvo que ofrecer que en adelante sus escualos saldrían a la superficie antes de disparar los torpedos para evitar otro incidente lo cual calmó los ánimos de los encendidos americanos, pero restaba eficacia al ataque alemán pues al dejarse ver sus submarinos perdían su arma más letal, el factor sorpresa.

Según cálculos de los germanos si iniciaban un ataque submarino irrestricto, era factible que Inglaterra se doblegara en unos seis meses. El problema era que, al no salir a la superficie antes de disparar para corroborar visualmente que se tratara de un blanco militar, seguramente convertirían en una masa de fierros retorcidos a varios barcos norteamericanos y Estados Unidos tendría la excusa perfecta para desplazar sus huestes a Europa.

México seguía representando el factor de distracción indispensable para ganar el tiempo suficiente y hacer rendir a los ingleses.

Los nerviosos roces visuales dejaban traslucir la importancia de las decisiones que ahí se tomarían.

Enfundados en impecables uniformes militares que hacían parecer bello el arte de matar, los asistentes desplegaban mapas y otros documentos con la debida compostura sobre la larga mesa.

Con el don de quién está acostumbrado a mandar, un solo movimiento de cabeza del Káiser fue suficiente para iniciar la sesión y Zimmermann tomó la palabra.

—Nuestros repetidos intentos por lograr un acercamiento con el general Francisco Villa en México han sido infructuosos hasta ahora —comentó con frialdad; como buen ario ocultaba sus emociones— no cabe la menor duda de que es un excelente estratega militar y combatiente, pero la diplomacia es un saco que le queda muy grande. Se negó rotundamente a darnos su apoyo para distraer a los norteamericanos y evitar que apoyen a Inglaterra, por lo tanto, tuvimos que proceder de otra manera —con una mirada pasó la estafeta al oficial de inteligencia que estaba sentado a su lado.

Jahnke sintió una mano fantasmal apretarle la garganta mientras los ojos de todos se clavaban en los suyos.

—Gracias a la excelente labor desarrollada por nuestros espías en México —se ufanó— y de acuerdo con el plan ideado por el señor Zimmermann y apoyado por Venustiano Carranza, presidente de aquel país, pudimos hacer creer a los norteamericanos que Villa había violado su territorio. La respuesta norteamericana fue más allá de lo que habíamos estimado, pues Estados Unidos no tan solo reforzó militarmente su frontera, sino que envió una fuerza armada a México en busca del guerrillero.

—Mientras la Expedición Punitiva permaneció en territorio mexicano —intervino Zimmermann— prácticamente desapareció la amenaza de una intervención norteamericana en el conflicto europeo, como lo habíamos supuesto. Estoy seguro de que los Estados Unidos no desean iniciar una lucha en dos frentes a la vez, sobre todo con uno de ellos a las puertas de su casa —señaló con el dedo en uno de los mapas de América como si los demás no supieran geografía— sin embargo, ahora que el ejército estadounidense ha salido de territorio mexicano, la amenaza de que apoyen a Inglaterra se cierne nuevamente sobre nosotros.

—¿Por qué no se prolongó su estancia ahí? —Retumbó la voz del Káiser tras los picos de su bigote.

—El presidente Carranza —explicó Zimmermann tratando de disimular el temblor de su voz— a pesar de haber sido legitimado por Estados Unidos en el poder, secretamente simpatiza con nuestra causa; y no lo hace abiertamente porque sabe que podría echarse encima a su vecino del norte. A diferencia de Villa, Carranza es un político de toda la vida, por lo mismo trató el asunto de la invasión con pinzas, evitando a toda costa un enfrentamiento armado con las fuerzas ofensoras y solicitando, muy diplomáticamente, el retiro de estas. También él quiere quitar a Villa de en medio, pero astuto como es, prefirió que el trabajo sucio lo hicieran otros.

Y siguió con la tediosa explicación de que, a pesar del aparatoso movimiento de tropas norteamericanas en territorio mexicano, no le habían visto ni el polvo a Villa, y como los ingleses seguían presionando para recibir su apoyo, el ogro del norte decidió llamar de regreso a sus lacayos y dar por terminado el asunto.

La clave estaba en realizar una alianza con México para iniciar una guerra formal entre ambos países y de esa forma quitarse a los norteamericanos de encima.

La cuestión era: ¿qué podrían ofrecerle a México a cambio?

La reunión se prolongó en un tiempo sin fin. Las ideas volaban de un lado a otro y poco a poco se fueron generando propuestas concretas que, de ser aceptadas por México, podrían darle un giro a favor de Alemania a toda la situación.

Con el agotamiento que el tiempo cargó sobre sus cuerpos, y con la anuencia del Káiser a su plan, Zimmermann salió de ahí con una entereza de estudiante recién graduado y se dirigió directamente a su despacho; tenía que afinar algunos detalles y luego colocar la propuesta, en el más absoluto secreto, bajo las mismas barbas de Carranza.

La primera orden de Zimmermann fue que encriptaran el mensaje que se enviaría vía telegráfica. Se utilizaría un nuevo código conocido como 13040 que, hasta donde sabían, continuaba siendo seguro.

El código consistía en grupos de cuatro o cinco números que iban desde cero a cien mil y que representaban palabras o expresiones. El 13040 se dividía en tres partes:

La primera comprendía grupos de números del 00100 al 00199 y estaba formada por frases de uso común como: en el, sobre el, etc.

La segunda era la parte medular del código, la más utilizada; comprendía la numeración del 01001 al 23999.

La tercera y última parte contenía un suplemento geográfico y se encontraba entre los números 24000 y 99999.

Una vez preparado el cebo, el ministro ordenó que se enviara vía telegráfica a la embajada alemana en Washington, y de ahí el embajador von Bernstorff lo reenviaría al embajador von Eckhart en la Ciudad de México para que él lo entregara personalmente a Carranza.

Había preferido hacer esta triangulación pues sabía que los norteamericanos, hasta ese momento, no espiaban las comunicaciones diplomáticas de otros países.

De llevarse a efecto el proyecto como se había diseñado, se aseguraría la permanencia de Estados Unidos fuera de la Gran Guerra y el triunfo alemán estaría prácticamente en la bolsa.

En cuanto recibió el telegrama en Washington, el embajador von Bernstorff se apresuró a enviarlo a la Ciudad de México previa recodificación al 13042, el código anterior, debido a que la embajada de Alemania en México aún no contaba con el libro de claves del código 13040. El telegrama debía ser entregado en las mismas manos de Carranza, con el sigilo que el caso ameritaba, por el propio embajador en México von Eckhart.

Capítulo Cuatro

Londres, Inglaterra.
17 de enero de 1917

Un mensaje cifrado recién interceptado fue entregado en el cerebro de la contrainteligencia británica, el Departamento Criptoanalítico, situado en el edificio del Almirantazgo británico, y mejor conocido como Sala 40.

Los dos hombres de guardia en ese momento, Nigel Arthur de Grey, antiguo editor de libros de cuya jorobada nariz, como espada samurái lista para hacerse el harakiri, cabalgaban unos anteojos plateados y el reverendo William Montgomery, quién antes de la guerra había sido traductor de obras teológicas alemanas, se aprestaron a resolver el acertijo sin saber que el contenido de aquel mensaje bien podría llevar al fin del derramamiento de sangre de la Gran Guerra al apresurar el ingreso de Estados Unidos del lado de los anglos.

La sala 40, al frente de la cual se encontraba el altivo William Reginald Hall como Director de Inteligencia Naval, quién junto con Alfred Ewing fueron los responsables del establecimiento de ésta como centro de desciframiento de la Marina Real, estaba conformada por un grupo de brillantes mentes estrechamente seleccionadas cuyo trabajo, de hecho, nunca sería reconocido públicamente. Contradictoriamente el protagónico Hall estaba perdidamente enamorado de la fama y gustaba de ser el centro de atracción.

Era aquella sala el hígado de las fuerzas armadas inglesas, por donde se filtraba toda información que resultara sospechosa en busca de los detalles que podrían hacer una diferencia en la gran guerra. El interior bullía siempre de actividad, como una colmena de abejas que trasiegan sin descanso. Contaba, sin embargo, con cubículos silenciosos donde uno o varios integrantes podrían pensar con claridad sin ser molestados por el ruido y el ajetreo de sus compañeros. El ir y venir de las secretarias repartiendo papeles, el golpeteo de las pesadas máquinas de escribir, las voces, todo quedaba fuera de ese universo de silencio encerrado en el pequeño espacio que brindaba las condiciones para que la mente se concentrara en el problema a resolver.

En uno de esos oasis Montgomery y de Grey se aprestaron a resolver el enigma planteado. Ante el aparentemente irracional conjunto de números que se presentaba a sus ojos, los dos hombres comenzaron por cotejarlos con los de mensajes anteriores interceptados y descifrados buscando encontrar datos mellizos. La tarea era lenta y tediosa, pero sabían que mediante análisis de redundancias y frecuencias y mucha imaginación, podrían encontrarle el sentido. Usaban como referencia un libro de códigos incautado a un agente alemán, Wilhelm Wassmus, cuando fue descubierto y capturado por el espionaje inglés en Medio Oriente; este libro, enviado de inmediato a la columna vertebral de la inteligencia anglosajona, les había sido de enorme utilidad al traducir mensajes cifrados con el código 13042, y esperaban que también fuera una útil herramienta en este caso.

Al margen del documento, escribiendo las equivalencias con lápiz, comenzaron a armar aquel complicadísimo rompecabezas.

Pero el gusto les duró poco; apenas iniciado el desciframiento comprendieron que el código que tenían ante sí era nuevo o, mejor dicho, una variante del 13042, y no contaban con las herramientas necesarias para su total comprensión. La escasa información obtenida, por otra parte, era suficiente para hacerles ver que se trataba de un documento sumamente importante; en esos términos lo pusieron ante el director Hall en su despacho esa misma tarde.

—Lo que tenemos es apenas un esbozo del contenido del telegrama —explicó de Grey con la voz de tenor que la madre natura le había regalado.

Colgado del documento, Hall arriscó la nariz mientras leía.

—Sin embargo, no fue enviado a la embajada alemana en México directamente —observó con cara dura.

—Efectivamente —confirmó Montgomery envidiando la resonante voz de Arthur de Grey— lo enviaron a través de la embajada de Alemania en Washington, dada su importancia.

—Tratando de evitar que fuera interceptado —retumbó de Grey.

El rubio Hall les quitó los altaneros los ojos de encima y esquió lentamente con la vista una y otra vez sobre las pocas palabras transcritas.

—Si lo que parece decir aquí es cierto, deberíamos avisar a los Estados Unidos y terminar con su indecisión de una vez por todas. Esto es un enorme aliciente para hacerlos entrar a la guerra de nuestro lado —apuntó, más hablando para sí mismo que con los otros.

Las miradas se cruzaron como relámpagos presagiando tormenta.

—Pero antes necesitamos tener la traducción del mensaje íntegro —recalcó.

Los subalternos asintieron sin decir palabra, sumidos en sus propios pensamientos. Sabían que les esperaban horas de intenso trabajo y que tendrían que exprimirse las neuronas. Harían su mejor esfuerzo, pero dudaban en poder sacarle más jugo al comunicado.

En cuanto salieron Hall se tumbó en su asiento con el cerebro hecho un caos. Tenía en sus manos la prueba fehaciente de que Alemania intentaba hacer que México le declarara la guerra a los Estados Unidos. Su mente divagaba en los alcances que aquello podría traer.

Bajo ese argumento, los norteamericanos no dudarían en ponerse en pie de guerra contra Alemania y apoyar a los ingleses. Pero para lograr esto era necesario hacerle llegar el telegrama al gobierno estadounidense y no solo eso, sino que debería ser publicado para que todo el pueblo norteamericano se enterara. El problema estaba en que, al publicarse, Alemania se daría cuenta no tan solo que sus comunicaciones estaban siendo monitoreadas, peor aún, confirmarían que su código secreto había sido roto.

Carranza cocinaba el ofrecimiento hecho por Alemania al fuego lento de sus pensamientos y repasaba los últimos acontecimientos en su país. Villa había quedado como un héroe para muchos y quienes antes lo tildaban de bandido ahora se admiraban de su astucia. Él mismo debía reconocerlo: Villa era un hueso duro de roer; y no dudaba que ahora, envalentonado y ayudado por el pueblo, volviera a las andanzas y a darle dolores de cabeza. Si ni los mismos gringos con todo su modernísimo aparato militar habían podido verle el polvo, ¿qué podría esperar él de sus humildes huestes?

Se levantó cuan largo era y pareció flotar lentamente alrededor de la oficina presidencial como fantasmal presencia que no encuentra descanso para su alma.

La espina clavada por Alemania no dejaba de doler. Si los norteamericanos hubieran siquiera eliminado a ese sinvergüenza, las cosas estarían más claras; pero con el país revuelto, y a punto de agitarse aún más con Villa suelto, entrar en una contienda internacional no tenía mucho sentido. Tampoco le agradaba hacerla de Celestina con Japón.

Por otro lado, un conflicto externo posiblemente uniría a todas las facciones contra un enemigo común y le permitiría afianzarse a él en el poder; viéndolo así…

El director Hall tenía aquel telegrama pegado a su mente como una lapa. En la inmensa soledad de su oficina se desesperaba sin encontrarle ni pies ni cabeza al asunto. De pronto, emergiendo de lo más recóndito de su cerebro, una idea esclareció sus pensamientos. Si el telegrama había sido enviado a Washington para de ahí ser reenviado a México, seguramente el embajador en el primer lugar había modificado el contenido del telegrama quitando las instrucciones que le daban a él y enviando a su colega el comunicado directo para Carranza. Si pudieran obtener una copia del telegrama que se envió a la Ciudad de México, tal vez ahorrarían tiempo al evitar descifrar información sin importancia. Esa era la única tabla de salvación que se vislumbraba en el borrascoso mar.

Giró instrucciones de inmediato a uno de sus espías en la capital mexicana.

En su casa del elegante barrio residencial de la ciudad de México, el señor H tomó las noticias del día como todas las mañanas y comenzó a revisarlas mecánicamente por la misma sección por la que iniciaba siempre; si no había nada ya luego leería el resto. Esta vez, sin embargo, sus ojos se congelaron en un punto específico: un pequeño anuncio le solicitaba a una dama que pasara a liquidar el adeudo que tenía pendiente; esa era la clave. Se levantó sobresaltado de la mesa sin siquiera mirar el desayuno, tomó al vuelo el saco colgado del perchero y salió como si fuera a recibir herencia

Al entrar al banco, que a esa hora de la mañana aún no se encontraba muy congestionado, se dirigió a la barra de madera junto a una columna para llenar cualquiera de las formas que ahí se apilaban descuidadamente. Palpó con vehemencia cada bolsa del saco y pantalón frustrándose ante la ausencia de su pluma.; el hombre junto a él terminaba de llenar una forma y amablemente le ofreció la suya. Sin esperar a que terminara de escribir, el hombre se dirigió a una caja. El señor H se embolsó naturalmente la pluma y se acercó a uno de los empleados de escritorio que se hallaba ocupado con un cliente; miró como al pasar su reloj de bolsillo y torció la boca con desesperación, apuradamente abandonó el lugar.

Voló como alma que lleva el diablo de regreso a casa y se encerró en su oficina a piedra y lodo. Deshojó apuradamente la pluma que le dieran en el banco obteniendo de su interior un pequeño rollo de papel con algunos signos escritos. Se deshizo del cajón superior del escritorio y alargó la mano en el hueco, del fondo extrajo una hoja de papel contra la cual comparó meticulosamente el escrito; eran las instrucciones para su próxima misión.

Desde su elevada posición social herencia del Porfiriato y que luchaba por mantener en los tormentosos tiempos de la revolución, el señor H, nombre clave dado por la inteligencia británica, había aceptado trabajar como espía para Inglaterra. Bajo el seguro cobijo de su país, la emoción de la secrecía fundida al nada despreciable ingreso económico que le representaba había sido más tentadora que su miedo por el peligro. El insondable temor de perder su seguridad socioeconómica, fruto de tiempos ya idos, acabó por convencerlo.

Sus bien cultivadas relaciones le permitían tener contactos en todas las esferas políticas y sociales y obtener información relevante y de primera mano sin levantar sospechas, misma que, mediante una muy bien elaborada red de comunicación hacía llegar a los súbditos de su majestad.

La misión encomendada a él esta vez no era menos importante: debía obtener una copia de un telegrama enviado por la embajada alemana en Washington y dirigido a su homólogo en la Ciudad de México.

Emocionado puso manos a la obra; se trasladó hasta las oficinas de correos en donde, luego de saludar de mano a un viejo amigo que como obstáculo se cruzaba en su camino, pidió ver al encargado. Tal vez hubiera sido más fácil dirigirse con alguno de sus muchos conocidos en la Secretaría de Comunicaciones, pero pensó que debía manejarlo a un nivel más bajo para evitar que tan delicado asunto llegara a oídos de los mandos superiores. Los rumores vuelan entre la burocracia y lo que menos quería era levantar sospechas. Sabía que en tiempos de guerra la traición se paga con la vida y ese precio le venía a él muy grande.

Con su labia y el cambio de manos de una buena cantidad de pesos, logró que el encargado accediera a proporcionarle una copia del documento que pedía. "Poderoso caballero es Don Dinero" pensó el aprendiz de espía mientras el empleado salía sonriente en busca del favor.

A poco volvió deshaciéndose en lisonjas; le alargó una copia del telegrama lleno de números mientras el señor H colocaba un fajo de billetes sobre el escritorio.

—Por supuesto usted no me conoce y nunca ha venido aquí —comentó el funcionario mientras codiciosamente disfrutaba el aterciopelado papel moneda entre sus dedos.

—Por supuesto —aceptó el señor H llevando su tesoro hasta el bolsillo interior del elegante saco.

Abandonó el lugar con aire de quién ha sido ofendido en su dignidad.

La entrega del telegrama a su contacto debía hacerla esa misma noche de acuerdo con un procedimiento previamente establecido. Acunó amorosamente el papel entre las hojas del periódico del día y se dirigió a una concurrida cafetería cercana donde, entre tazas de aromático café y la pestilencia del tabaco, se arreglaban fácilmente los ajenos problemas personales, nacionales y mundiales. Se deslizó entre mesas llenas hasta un lugar vacío en la pulida barra y colocó el diario sobre ésta despreocupadamente. Con un convencional café y algo de pan dulce se dispuso a esperar. Las enroscadas serpientes de humo de los múltiples cigarrillos encendidos se espesaban rápidamente transformándose en una copia barata de la bruma londinense.

—Disculpe —la voz lo sorprendió a punto de clavarle el diente a la concha de chocolate. Aún con la boca abierta le echó una mirada a su interlocutor.

Era del hombre que se encontraba sentado junto a él a la barra; no lo conocía.

—¿Sería tan amable de permitirme su diario? —Le preguntó cortésmente.

Un escalofrío le cimbró como un rayo la columna vertebral. No era su contacto. ¿Sería acaso una trampa? ¿Habría sido descubierto? Sintió el corazón retumbarle en el pecho como campanas al vuelo. Malditos ingleses —se lamentó— ¿para qué había cedido ante sus cantos de sirena?

—¿Qué parte necesita? —Reviró escondiendo su nerviosismo bajo un manto de tranquilidad— porque tengo algunas anotaciones importantes por ahí —explicó.

—Tan solo quiero ver si apareció la fotografía de un viejo conocido mío en la sección de sociales —insistió el primero— es que olvidé comprar el diario esta mañana, ¿sabe?

Con una comprensiva mueca de lo que quiso nacer como sonrisa el señor H arrancó dos pétalos de papel y se los ofreció a su vecino de banco. El hombre revisó las páginas con detenimiento, aparentemente sin encontrar nada; con aire de fastidio las colocó de vuelta en la barra agradeciendo la amabilidad; pidió la cuenta y salió del lugar.

Sería cosa del café caliente que bebía o de lo claustrofóbico que de pronto se volvió el lugar… el caso es que el señor H tuvo que echar mano del pañuelo para enjugarse la sudorosa frente.

El hombre que tomó asiento en el banco recién desocupado pidió con indiferencia un chocolate. Sus miradas se cruzaron fugazmente a través del espejo que tenían enfrente; el señor H reconoció de inmediato a su contacto y sintió que el alma le regresaba al cuerpo. Acomodó de nuevo el diario y lo dobló casi con ternura. Dio rápida cuenta del pan y el café, obsequió un billete que cubría hasta la propina y salió.

El recién llegado se hizo con el diario y lo acurrucó maternalmente bajo su brazo; apresuró un sorbo al chocolate apenas colocado frente a él; tintineó el importe en monedas y se alejó en dirección contraria al señor H.

Misión cumplida.

William Hall entregó con prontitud el bebé recién recibido de la ciudad de México a de Grey y Montgomery, quienes se habían estancado en el desciframiento. Con una penetrante mirada de águila los invitó a que develaran el misterio.

El telegrama original se leía:

130 13042 13401 8501 115 3528 416 17214 6491 11310 18147 18222 21560 10247 11518 23677 13605 3494 14936 98092 5905 11311 10392 10371 0302 21290 5161 39695 23571 17504 11269 18276 18101 0317 0228 17694

4473 22284 22200 19452 21589 67893 5569 13918 8958 12137 1333 4725 4458 5905 17166 13851 4458 17149 14471 6706 13850 12224 6929 14991 7382 15857 67893 14218 36477 5870 17553 67893 5870 5454 16102 15217 22801 17138 21001 17388 7446 23638 18222 6719 14331 15021 23845 3156 23552 22096 21604 4797 9497 22464 20855 4733 25610 18140 22260 5905 13347 20420 39689 13732 20667 6929 5275 18507 52262 1340 22049 13339 11265 22295 10439 14814 4178 6992 8784 7632 7357 6926 52262 11267 21100 21272 9346 9559 22464 15874 18502 18500 15857 2188 5376 7381 98092 16127 13486 9350 9220 76036 14219 5144 2831 17920 11347 17142 11264 7667 7762 15099 9110 10482 97556 3569 3670

Esta vez, sin embargo, parecía que algo había cambiado; un rayo de comprensión iluminó sus rostros sombríos al percatarse de que ahora los números sí coincidían con aquellos que alguna vez habían descifrado. Ante sus estupefactos ojos las palabras comenzaron a tomar forma, las frases comenzaron a gritarles desde el papel.

Como un balde de agua helada arrojado a la cara en pleno invierno londinense entendieron lo que sucedía. El telegrama enviado a la Ciudad de México estaba encriptado con el código 13042, como lo mostraba la segunda cifra de la lista, mismo que ellos conocían y del que tenían la suficiente información para poder hacer una traducción bastante aceptable del documento. Por alguna razón el embajador alemán en Washington lo había cambiado, pues el telegrama interceptado originalmente utilizaba el código 13040, una variante mucho más difícil, y prueba de ello era el poco avance que habían realizado hasta ese momento. La diosa fortuna estaba de su lado, más suerte no podrían tener. La esperanza se reflejó en sus espontáneas sonrisas.

Pronto se percataron de que algunas palabras estaban representadas por más de un grupo de cifras, práctica habitual para entorpecer el trabajo de los criptoanalistas.

Poco a poco el telegrama comenzó a develar su misterio; las palabras en alemán se formaban, entrelazaban y bailaban sobre el papel dándole un significado a aquella incongruente maraña de números.

Casi al finalizar, se toparon con cuatro grupos de cifras a los que no le encontraban ni pies ni cabeza.

—Cada grupo podría significar una palabra o tal vez más —apuntó la ya para entonces casi enronquecida voz de Montgomery.

—O tal vez los cuatro grupos forman una sola palabra —acotó de Grey.

Decidieron continuar con el resto del documento hasta terminarlo, ya luego volverían a estudiar las cifras que quedaban pendientes.

Después de mucha estira y afloja, escribir y borrar, releer y cambiar, con el cerebro casi cocido y los inyectados ojos agotados y ardientes la mayor parte del telegrama cobró sentido; pero aún tenían un problema con esos grupos pendientes.

Los analizaron una y otra vez sin un asomo de éxito. Parecía que habían llegado al punto de la locura.

—Creo que tenemos que basarnos en el contexto en que se encuentran —sugirió de Grey.

—Podrían referirse a los estados que perdió México en la guerra contra Estados Unidos en 1847—aventuró Montgomery.

—Hemos descifrado Texas y Nuevo México —continuó de Grey— nos faltarían entonces…

—California y Arizona —remató Montgomery entusiasmado.

—Si repartimos dos grupos de cifras por palabra… -continuó de Grey buscando con premura en la mesa atestada de documentos.

Tomó un papel, luego otro con anteriores traducciones y comenzó a compararlo contra las cifras que había en el telegrama.

—Demasiado bueno para ser verdad —comentó lacónico con su grave voz— demasiado obvio.

—Las letras no coinciden —confirmó Montgomery apesadumbrado revisando todo de nueva cuenta.

Dejaron los papeles sobre la mesa con desgano y se reclinaron sobre el respaldo de las sillas a las que habían estado clavados durante las últimas horas.

Montgomery se frotó los irritados, enrojecidos ojos, mientras en su mente se miraba tendido sobre la arena de la playa tomando el sol. La curvatura superior de sus espaldas parecía hacerse más prominente bajo la pesada losa del cansancio; llevaban pegados al telegrama una eternidad.

De Grey estiró los brazos al cielo, como si tocar quisiera imaginarias nubes mientras bostezaba. Algunos huesos de su espalda le avisaron con un crujido que había un límite, aliviados momentáneamente de la presión. Le dolían los músculos de los hombros, la nuca; sentía los hinchados pies apretados dentro de unos zapatos de hierro de tanto permanecer sentado en la misma posición. Se encontraban a un ápice de completar la traducción, no podían detenerse ahora.

—¿Y si no son dos palabras? —Interrumpió el brevísimo receso la aflautada voz de Montgomery.

De Grey lo miró haciendo los ojos una línea, tratando de asimilar aquella opinión, de ir un paso adelante de los pensamientos de su compañero. Habían hecho mancuerna tanto tiempo que a veces la sola mención de una idea servía para que en el otro detonara toda una andanada de posibilidades.

—Las cuatro cifras significarían una sola palabra, es decir, un solo estado —aventuró de Grey— pero ¿cuál de los dos?

—Vamos a ver —dijo Montgomery jorobando de nuevo la espalda sobre la mesa— si te fijas —comentó señalando el telegrama y la traducción— mencionan los estados de este a oeste, es decir, si los vemos en un mapa frente a nosotros está primero Texas, luego Nuevo México…

—Y seguiría Arizona —concluyó de Grey desde atrás de sus anteojos.

—Si tomamos como base un grupo de números que pudieran corresponder a pocas letras como aquí… —dijo mientras examinaba una hoja del libro de códigos capturado— entonces… tendríamos… algo así.

Aventuró a su compañero un papel garrapateado:

5454 AR

16102 IZ

15217 ON

22801 A

La sonrisa que les iluminó la cara, luego se transformó en risa y finalmente en sonoras carcajadas de felicidad que retumbaron como salvas de triunfo en el amplio cuarto vacío. Lo habían logrado; habían logrado descifrar lo indescifrable. El reto para la mente había sido superado.

En cuanto los anunciaron les dieron luz verde para entrar. Montgomery y de Grey se pararon frente al escritorio de Hall y haciendo gala de marcial solemnidad le extendieron una hoja de papel.

El director leyó con avidez en alemán:

130 13042 Auswartiges amt telegraphiert Januar 16 colon nummer 1 ganz geheim selbst zu entziffren stop Wir beabsichtigen am ersten Februar un eingestschrankt U-boot krieg zu beginnen stop Es wir versucht werden Vereiningten Staaten trotzdem neutral zu erhalten stop Für den Fall dass dies nicht gelingen sollte comma schlagen wir Mexiko auf frolgender grundlage bündnis vor stop Gemeinsam krieg führen stop

Gemeinsam friedenschluss stop Riechlich finanzielle untestützung und enveirständnis unserer seits dass Mexiko in Texas comma Neue Mexiko comma Arizona frühen verloren gebiet zurück erobern stop Regelung im einzelnen Euer Hochwohlgeboren überlassen stop Sie wollen vorstehendes dem Präsident streng geheim eröffen comma sobald kriegs ausbruch mit Vereiningten Staaten fest steht und anregung hinzufügen Japan von sich aus zu sofortig beitretung einladen zu und gleichzeitg zwischen uns und Japan zu vermitteln stop Bitte den Präsident darauf hinweisen comma dass rücksichtslos anwendung unserer U-boot jetzt aussicht bietet comma England in wenigen monatem zum frieden zu zwingen stop Empfang bestahigen stop Zimmermann stop Schluss der Depesche

Se trataba del telegrama descifrado de los numerales a su idioma original, y más abajo encontró la traducción al texto:

130 (Número de telegrama) 13042 (Clave) Telegrama del Ministerio de Asuntos Exteriores 16 de enero: Número 1 Ultrasecreto Descífrelo usted mismo. Tenemos la intención de iniciar ataques irrestrictos con submarinos el primero de febrero. Esto se hará esperando que Estados Unidos se

mantenga neutral. En caso contrario, proponemos a México una alianza bajo las siguientes bases: estaremos juntos en la guerra y juntos en el tratado de paz. Daremos generosa ayuda financiera y queda entendido que México recuperará los estados de Texas, Nuevo México y Arizona perdidos en el pasado. Su excelencia se encargará de los detalles. Informe lo anterior al presidente en completo secreto tan pronto estemos seguros de que Estados Unidos entrará a la guerra y sugiérale que actúe como intermediario invitando a Japón para unirse a nosotros. Hágale ver al presidente que un ataque irrestricto de nuestros submarinos provocaría la rendición de Inglaterra en unos cuantos meses. Acuse Recibo. Zimmermann. Fin del telegrama.

Hall levantó los ojos y traspasó con la mirada a los hombres que tenía enfrente. Sintió que su pecho se hinchaba por dentro con orgullo contenido. Aquellos hombres habían realizado toda una proeza; sin embargo, un remedo de sonrisa apenas se dibujó en sus labios.

—Caballeros —les dijo con la tradicional flema inglesa— han hecho un excelente trabajo. No esperaba menos de ustedes.

Los dos hombres sonrieron orgullosos. Parecía que el enorme peso que cargaban en sus hombros desaparecía y sintieron que hasta entonces podían enderezar la espalda.

—Pueden tomar un día libre —continuó— vayan a descansar.

Menudo premio recibían, pero estaban en tiempos de guerra y era más de lo que podían esperar. Los dos hombres salieron sintiendo que no cabrían de gozo por la puerta. Hall miró de nuevo el papel que tenía entre sus manos; se dio el lujo de sonreír.

—Tal vez las balas ganen las batallas, pero la información gana las guerras —pensó.

Capítulo Cinco

El Secretario de Estado para Asuntos Exteriores del gobierno inglés, Arthur Balfour, recibió en su despacho al Director de Inteligencia Naval William Hall luego de que éste llamara para solicitar una cita urgente.

El añejo recinto, reflejo de glorias pasadas, conservaba no obstante su solemne aire de grandeza. Adecuado a los tiempos que se vivían exhibía el doloroso contraste entre lo ya ido y los actuales tiempos, lo rancio de su construcción y los muebles modernos, el mohoso pasado y el belicoso presente.

Una vez hechos los saludos de rigor el secretario le indicó a Hall un mullido sillón.

—Lamento irrumpir así en su apretada agenda de trabajo, señor secretario —se excusó el director— pero lo que vengo a informarle es de suma importancia.

—Supongo que lo es —asintió Balfour con expresión entre sorprendida y preocupada, haciendo a un lado una pila de papeles que aún debía revisar.

—Interceptamos y logramos descifrar un mensaje ultrasecreto de Berlín para el presidente Venustiano Carranza de México —abordó el tema directo, como buen inglés.

—¿México? —Se extrañó el secretario tratando de ubicar en su mapa mental al primitivo país— ¿qué tiene que ver Alemania con... México?

—Los alemanes planean distraer a Estados Unidos para evitar que nos apoyen en la guerra y nada mejor que el que su vecino se levante en armas contra ellos. Seguramente los americanos no estarían dispuestos a luchar en dos frentes y retrasarían el envío de tropas a Europa, tal vez el tiempo suficiente para que los alemanes consigan nuestra rendición; para entonces sería demasiado tarde.

Con ademán grandilocuente, como si sacara la espada del rey Arturo de la piedra, extrajo Hall con parsimonia una carpeta de su portafolio, la abrió y entregó la traducción del telegrama al secretario. Los ojos de éste danzaron con ritmo acelerado sobre el documento, queriendo beberse el contenido de un solo golpe; luego arrastró los ojos hacia Hall tratando de convencerse de que no se trataba de una broma. Por un eterno instante sus miradas se fundieron, hasta que lo enganchó de nuevo el telegrama y releyó el mensaje más despacio.

—Planean involucrar a Japón, además —despotricó al terminar de leer— ¡Desgraciados!

—Con esta prueba seguramente el presidente Wilson no dudará en brindarnos su apoyo inmediato —se atrevió a opinar Hall sabiendo que se aventuraba por vericuetos diplomáticos extraños para él.

Las ideas se deslizaban a toda velocidad en el tobogán de la mente del secretario; trató de atrapar una de ellas con la lengua:

—Sin embargo, la información tendría que hacerse pública para obtener la aprobación de las cámaras y del pueblo americano para entrar a la guerra.

—Y es ahí, precisamente, en donde surge el problema —comentó Hall sintiéndose ave de mal agüero.

—¿Problema? —Se inquietó Balfour como si no tuviera ya suficientes.

—Al publicarse el contenido del telegrama, Alemania se dará cuenta que estamos interceptando sus comunicaciones ultrasecretas y que además podemos descifrar sus códigos... y eso no nos conviene.

—¿Monitorean sus comunicaciones a la Ciudad de México? —Inquirió estupefacto el secretario.

—A decir verdad, no —admitió Hall— el mensaje fue enviado de Berlín a Washington bajo un código nuevo, momento en que lo interceptamos, y de allá retransmitido a la Ciudad de México en un código más antiguo; y fue ahí, precisamente, donde uno de nuestros espías consiguió la copia que pudimos descifrar.

El secretario se arrellanó en su asiento, tomó un puro de la caja bien repleta que siempre tenía a la mano y le ofreció uno al director; como este lo rechazara, Balfour realizó toda la ceremonia de cortar la cola del habano y encenderlo parsimoniosamente. El penetrante olor que de inmediato invadió la habitación hizo respingar a Hall; como buen deportista no estaba acostumbrado a esa clase de aromas. Guardó la debida compostura, aunque maldijo para sus adentros. El secretario se colgó del puro y se concentró en el humo que en espirales moría lentamente, dejando volar su imaginación. Con la lentitud de un tigre al acecho caminó por la habitación sopesando posibilidades.

—¿Dice usted que el telegrama descifrado fue el obtenido en la Ciudad de México? —Preguntó escondido tras una apestosa nube.

—Así es —casi tosió el director.

Comió una bocanada más de humo para afianzar sus ideas. Se arrellanó de nueva cuenta en su sillón y cejijunto comentó:

—Al publicarse la información no solo Alemania se enteraría de nuestro trabajo de espionaje.

El director lo miró inquisitivo, tomado fuera de base.

—Estados Unidos sabría también que los mensajes enviados a su territorio son interceptados —explicó— y creo que eso podría ponernos en una situación un tanto… "tirante" con quien buscamos sea nuestro aliado.

Hall asintió y maldijo en silencio; ese punto se le había escapado. Tuvo que admitir la perspicacia del viejo, por algo estaba en ese puesto.

—Perderíamos su confianza, y nuestra relación se tornaría complicada, por decirlo de alguna forma —salpicó Balfour— sería muy difícil que quisieran pelear al lado de alguien en quién no confían... sin embargo, creo que aún tenemos una salida —tamborileó con los dedos sobre el escritorio— si dejamos claro que el telegrama lo obtuvimos gracias al trabajo de nuestros espías en México, sin mencionar por supuesto que lo interceptamos antes, a Estados Unidos no le molestaría tanto. El descubrimiento sería tomado casi como una casualidad.

Muy inteligente - admitió para sus adentros Hall - muy inteligente.

Walter Page, embajador de Estados Unidos en Inglaterra llegó puntual a la cita en la cancillería, atendiendo al llamado urgente del Secretario de Asuntos Exteriores Balfour. Sin mayores formalidades fue conducido de inmediato a su presencia.

—Señor embajador, gracias por venir —lo recibió efusivamente Balfour.

—La urgencia de su llamado me alarmó, señor secretario, debo admitirlo.

Balfour invitó al embajador a sentarse en el mullido sillón de cuero negro en la pequeña sala de su oficina, haciendo él lo propio. Al momento un caliente y aromático café les fue llevado por un par de hermosas piernas como adivinándoles el pensamiento. El ruido de los tacones sobre el suelo al alejarse llamó la atención de los hombres hacia sus bien torneadas pantorrillas. Por un instante sus mentes olvidaron el dolor de la guerra y volvieron a sus juveniles días de ardiente pasión. El embajador no pudo menos que envidiar al secretario, entre el personal de la embajada no contaban con una grupa como aquella; lástima. Trayéndolo de nuevo a la realidad hiriente, el secretario comentó:

—Le pedí que viniera porque tenemos información clasificada que estoy seguro será de su interés —le alargó un habano.

—¿Relacionada a su petición de aliarnos con ustedes contra Alemania? —Preguntó mientras aspiraba las hojas dobladas en forma de cilindro, permitiendo a sus pulmones llenarse con el grato aroma del tabaco fresco como mero anticipo del placer de su sabor.

—Estoy seguro de que al conocer lo que voy a mostrarle, su gobierno no dudará en que es la mejor decisión que pueden tomar.

Con bien calculados pasos llegó hasta su escritorio, tomó el fruto de los desvelos de Montgomery y De Grey y se lo entregó.

Con mirada de águila el embajador se colgó con fruición de los documentos, enarcó una ceja a medida que avanzaba en la traducción.

—¿Cómo obtuvieron esto? —Pregunta obligada.

—Gracias a nuestro excelente servicio de espionaje en México —se ufanó el secretario mientras un asomo de sonrojo cruzaba fugazmente por su rostro, fruto prohibido de la mentira.

—Hum...… muy interesante.

—La intención de Alemania de provocar una agresión directa a su país es evidente, ¿no lo cree usted así?

—Sería muy aventurado de mi parte dar un juicio en este momento —se excusó con mucho colmillo el embajador.

—Como buen diplomático —pensó Balfour.

—Obviamente entenderá usted que tenemos que verificar la autenticidad del documento, señor secretario; confío en que no se sientan agraviados.

—Lo entiendo, señor embajador; solo espero que haga usted llegar los documentos al presidente Wilson a la mayor brevedad. El asunto es sumamente delicado y tenemos el tiempo encima.

El embajador se preparó para hacer mutis, agradeció el habano y se retiró sintiendo que llevaba entre sus manos una bomba a punto de explotar.

Castillo de Chapultepec

Ciudad de México

La fresca brisa matutina disipaba con rapidez la ominosa nube de pensamientos del presidente Venustiano Carranza mientras avanzaba lentamente, la mirada perdida en el aire transparente, al lado del embajador Von Eckhart. Algunos cúmulos se arremolinaban a lo lejos fundidos en el horizonte con una vaporosa bruma en la vastedad de la campiña. Carranza lo había recibido en su despacho en el interior del castillo, mas aquel ambiente rancio, claustrofóbico, le impelió a salir a caminar.

—Excelente vista —comentó el embajador al estacionarse en una terraza, mirando a sus pies a la gran Tenochtitlan, otrora capital del poderoso imperio Azteca— ahora comprendo por qué prefirió que habláramos afuera.

—Las paredes oyen —comentó lacónicamente Carranza.

El embajador oteó a su alrededor, ahí estarían acompañados únicamente por la soledad.

—No quiero presionarlo, señor presidente, pero me gustaría saber su opinión sobre nuestra propuesta —echó las palabras al viento.

Carranza apoyó las manos sobre la barandilla de cantera que rodeaba la terraza. Su vista se perdió en el verdor de la ladera del cerro que quedaba a sus pies y que allá, a lo lejos, se hacía uno solo con el azul del cielo.

Esa era su patria; lo que más amaba. Así los parduscos desiertos de su tierra natal como los exuberantes paisajes que se encontraban más al sur; las soledades de aquella tierra árida y muerta, reseca, del norte y la llena de vida y de agua y de vegetación del extremo más austral.

Por ella había peleado y por ella con gusto daría su vida. Ya la lucha intestina había cobrado su elevada cuota de muerte y destrucción en el país. Miles de hombres, civiles y militares, habían ofrendado sus vidas para lograr la libertad; ahora, sin embargo, las disputas entre facciones por el poder continuaban embebiendo el suelo con inútiles ríos de sangre. Sabía que Villa, a pesar de ser buscado por Estados Unidos como vil criminal y por quién ofrecía una recompensa de cinco mil pesos por su captura, era abiertamente pronorteamericano.

¿Cómo sumergir entonces al país en una guerra contra el vecino del norte? ¿Que los unificaría a todos contra un enemigo común? Tal vez si, tal vez no. ¿Y si algunos se negaran a pelear o de plano se pusieran del lado contrario? Aún con el apoyo alemán el baño de sangre continuaría y la victoria no sería nada sencilla. ¿Recuperar los territorios perdidos con el tratado Guadalupe Hidalgo de 1848? Ya se vería.

Personalmente simpatizaba con la causa alemana, pero esta vez no se trataba de lo que le gustara o no a él, sino de lo que fuera mejor para la patria, aunque eso significara sacrificar su opinión.

Con un profundo suspiro que pretendía limpiar su alma de aquellos pensamientos se volvió hacia von Eckhart.

—Mis generales están evaluando su propuesta, señor embajador —su voz sonó firme— pero aún no he recibido una respuesta. Sé que es un asunto urgente, pero comprenderá usted que por lo delicado de la situación debemos estar completamente seguros del paso que daremos. Tenga usted la seguridad de que en cuanto tomemos una decisión se la haremos saber.

El embajador asintió en silencio. Estos mexicanos sí que se tomaban las cosas con calma; por algo los pintaban adormilados, sentados en el suelo, recargados en un nopal, cubiertos con un sarape y agachada la cabeza coronada por un enorme sombrero redondo. Sí, estos mexicanos eran todo un caso.

El viaje desde Inglaterra además de cansado era ahora peligroso; los escualos alemanes estaban hambrientos de presas, pero el embajador Walter Page tenía la misión de entregar personalmente el telegrama Zimmermann al presidente Wilson. Un apurado chapuzón y ropa limpia luego de llegar a Washington y de inmediato puso rumbo a la Casa Blanca.

Luego de los rápidos y superfluos saludos de rigor en la oficina oval, el presidente lo invitó a entrar de lleno al asunto; del elegante portafolio de piel el embajador extrajo, casi con delicadeza femenina, el motivo de su visita.

El presidente quedó atrapado en la borrasca de aquellos documentos. Su demudado semblante reflejaba la intensidad del problema. Wilson era pacifista, trataba por todos los medios a su alcance de evitar confrontaciones armadas, aunque algunas veces no le quedaba otro remedio que seguir los consejos de sus generales, como en el caso de la malhadada expedición punitiva que había enviado a territorio mexicano y que finalmente había servido para maldita la cosa.

Esto, sin embargo, revestía una gravedad mucho mayor. Tenía en sus manos la prueba irrefutable de que Alemania conspiraba a sus espaldas para que México les picara la cresta y no contentos con eso, le pedía a este último que buscara los favores de Japón.

Personalmente había tratado de evitar, o cuando menos retrasar, el envío de tropas al teatro de guerra europeo. A pesar de los civiles norteamericanos muertos en los hundimientos de barcos mercantes ingleses por submarinos alemanes, había logrado calmar las tormentosas aguas de la opinión pública obteniendo la promesa de estos de salir a la superficie antes de disparar para verificar el objetivo; promesa que sería echada al fuego en pocos días, de acuerdo con el comunicado.

Ante tan vil traición, no dudaba que el congreso aprobara la declaración de guerra contra Alemania rápidamente y su querido país se vería inmerso en la Gran Guerra, muy a su pesar. Esta situación era ya francamente intolerable y merecía una respuesta apropiada.

Hambriento de detalles, de cada uno fue informado puntualmente por el embajador. No había vuelta de hoja, el contenido del telegrama tenía que ser publicado para conocimiento de todo el pueblo norteamericano y esto explicaba por sí mismo la lógica decisión de entrar a la guerra como aliados de Inglaterra.

Como primera acción, ordenó a la cancillería el inmediato rompimiento de relaciones diplomáticas con Alemania.

Los negros nubarrones de tormenta que otrora se vislumbraban en el horizonte se cernían ahora sobre sus cabezas.

La perfectamente bien tejida red alemana de espionaje en México había tendido sus hilos no solamente a Villa y Carranza, sino a varios altos generales que podrían ser de ayuda para la causa germánica. Uno de los más importantes en el ámbito nacional era Álvaro Obregón, a la sazón secretario de Guerra y Marina.

Dicharachero y con el comentario jocoso a flor de labios para cada ocasión a pesar de haber perdido el brazo derecho durante una batalla contra Francisco Villa en Celaya, Guanajuato, este hombre de carácter más bien sociable se convertía en un león en la guerra.

Ambicioso, sediento de poder, aunque lo disimulaba muy bien, sabía rodearse de leales amigos y servidores. Se había aliado a Venustiano Carranza durante la lucha contra el usurpador Victoriano Huerta, pero desde que Carranza se sentó en el trono y buscaba quedarse con él, comenzaron a surgir diferencias entre ellos.

Sabía que un enfrentamiento abierto con el presidente no traería nada bueno, ni para él ni para el país. Apostaba entonces a convertirse en la sombra del viejo comiéndose sus sentimientos y a cumplir con obediencia las órdenes del ejecutivo mientras tras bambalinas armaba su tinglado.

Pero no estaba dispuesto a mantenerse como segundón por mucho tiempo; como fiera al acecho aguardaba tan solo la oportunidad para dar el paso que lo llevara al poder. Debía tener mucha paciencia y él hacía de ésta una virtud.

El encono con Villa, por otra parte, era abierto y público. Se habían transformado de aliados por una misma causa en enemigos acérrimos; y luego de que Obregón perdiera el brazo durante un bombardeo de la artillería villista, sentía que el centauro del Norte le debía una y tarde o temprano se la cobraría.

El agente alemán se acercó taimadamente a Obregón en varias ocasiones, tanteando el terreno. Discretamente le soltaba un quién vive respecto de las intenciones de su país para con México y por sus respuestas supo que Obregón era un patriota pero que tenía un talón de Aquiles: su hambre de poder.

—Señor general —le dijo el espía durante una cena añorando por lo bajo la comida germana— mi país admira a hombres como usted, que engrandecen a su patria.

Obregón sonrió, le sacó punta al bigote con su única mano y respondió con modestia:

—Gracias por su comentario, solo trato de hacer lo mejor para mi país.

—Ni quién lo dude, general. Por eso queremos apoyarlo.

—¿Apoyarme? —Se extrañó el militar. Los ojos de acero del germano velaban sus intenciones.

—Tiene usted madera de dirigente, señor general, y no solo del ejército, como ya lo ha demostrado. Pensamos que usted bien podría dirigir esta nación.

Algo de alimento pareció atorarse en la garganta del general quién buscó el auxilio de un sorbo de agua.

—Esta nación ya tiene un dirigente —aclaró Obregón sintiendo que la sangre se agolpaba en su rostro.

—Pero ambos sabemos que hay un mejor hombre para el cargo, ¿no es así? —Sondeó el extranjero con una sonrisa de medio lado

Obregón ya no contestó, se limitó a continuar cenando. En su cabeza echaron al vuelo las ideas que se anidaban ahí y que cada vez más frecuentemente ocupaban sus pensamientos. Claro que había un mejor hombre para ser el presidente de México y ese era él, sobradamente lo sabía. Sobajado por Carranza, quién saludaba con sombrero ajeno merced a sus triunfos en el campo de batalla, se sentía con más méritos que el viejo para ocupar la silla presidencial.

Unos decían que era Villa quién la quería, otros que la debía ocupar Zapata. Pero él no estaba dispuesto a cederla tan fácilmente. Sabía que tarde o temprano sería necesario quitar a Carranza de en medio y él debía estar preparado para ocupar su lugar sin importar el precio, pero por ahora lo mejor sería seguir navegando con bandera de pendejo, acatando sus órdenes y manteniendo su confianza; esto le permitiría colocarse en la mejor posición para cuando llegara la hora de hacer su jugada.

Von Eckhart se abrió de capa ante Zimmermann: veía muy dubitativo a Carranza. Cierto es que el presidente simpatizaba con su causa de una forma personal, pero como presidente se estaba tomando su tiempo para decidir. Su participación en la guerra, según el plan de Zimmermann, era crucial; de esto dependería el que Alemania tuviera el tiempo suficiente para hacer rendir a los ingleses quienes, por otra parte, daban reveses a las tropas alemanas en el continente europeo y por momentos recuperaban las posiciones que les habían sido arrebatadas. La guerra submarina irrestricta les aseguraba cortar los suministros ingleses y forzar su rendición. Victoria aplastante y total.

La fecha límite para iniciar las acciones se comía el calendario y Carranza parecía tomarse las cosas con demasiada calma. Habían supuesto que dado el acercamiento que ya tenía con el presidente la propuesta sería aceptada casi de inmediato. Sin embargo, las cosas no parecían ir por buen camino.

La respuesta de Zimmermann pareció llegar con los frescos aires de los bosques teutones: debían hacer todo lo posible por convencer a Carranza de aceptar la propuesta, y si éste no accedía, tal vez sería tiempo de quitarlo de en medio y colocar a quien sí los apoyara. ¿Tendría Von Eckhart en mente a un hombre así?

Por supuesto que lo tenía: Obregón. Y no solo eso, habían iniciado ya con él pláticas sobre el asunto. El general se mostraba sumamente cauteloso, pero trabajándolo un poco…

Según el canto de los pájaros que tenían apostados por todo el país, Obregón ansiaba la silla del rey. Aunque por el momento sus movimientos eran muy acordes con el presidente Carranza, tenía un muy cerrado círculo de amigos y colaboradores, Plutarco Elías Calles y Adolfo de la Huerta entre otros, para quienes era evidente que Obregón esperaba tan solo una oportunidad para llegar a la cima; y claro, sus amigos serían salpicados de los jugosos beneficios que esto conllevaría. Como en una partida de ajedrez, el general meditaba cada movimiento, pero una vez llevado a cabo no había vuelta atrás.

Von Eckhart decidió endosarle una sombra a Obregón. Si las cosas se complicaban con Carranza, como parecía suceder, tendrían que echar mano de alguien más; la victoria del imperio estaba en juego.

Capítulo Seis

Los amarillistas diarios Yankees se dieron vuelo publicando íntegro el telegrama Zimmermann. El gobierno contaba con que tendría una aprobación unánime e inmediata del pueblo para entrar a la guerra, sin embargo, la reacción no fue la que esperaban.

Los diplomáticos alemanes desmintieron la noticia y la autenticidad del telegrama y lo consideraron una estratagema para soliviantar al pueblo norteamericano en contra de Alemania. Esta posición fue secundada por México y Japón, países que se veían inmiscuidos en el supuesto ardid; inclusive, algunos grupos pacifistas y Proalemanes aprovecharon las aguas turbulentas para levantar sus voces de protesta.

En la Casa Blanca, el presidente Wilson se reunió con sus asesores políticos.

—Tienen la prueba en sus manos y no lo quieren creer —dijo el presidente arrojando un periódico más encima de los que ya estaban apilados sobre la mesa.

Las miradas de los asistentes se rozaban en el sepulcral silencio de una atmósfera espesa, pegajosa. Por fin una aclarada garganta opinó:

—Los alemanes han resultado muy astutos en esta batalla informativa. Desmintieron de inmediato la noticia haciendo creer que todo es una trampa orquestada por nuestro gobierno para meternos a la guerra del lado de Inglaterra.

—El apoyo de México y Japón a esa postura la refuerza y nos convierte, ante el pueblo, en unos viles buscapleitos —recalcó otro.

—Y ¿qué se dice en las cámaras de representantes? —Quiso saber Wilson.

—Hay opiniones encontradas —le contestó uno muy cercano a ellas— la mayoría se muestra cauteloso, pero de inicio no apoya nuestra postura.

El presidente se arrellanó en su silla; había hecho todo lo posible por mantener a su país fuera del conflicto europeo, procurando por todos los medios a su alcance limar asperezas entre los contendientes y ahora debía convencer a su pueblo de que entraran a la guerra; sonrió con ironía. Tal parecía que la gente creía más en lo que decía cualquier extranjero que en su propio gobierno.

La voz de uno de los asesores lo bajó de aquellas nubes:

—Estamos tratando de convencer a los legisladores y a la opinión pública de las verdaderas intenciones de Alemania.

—Y ellos lo seguirán negando y la gente les seguirá creyendo —respondió molesto Wilson señalando los periódicos— y mientras tanto estaremos maniatados.

—Podríamos esperar a que Alemania comience sus ataques con submarinos; la verdad se haría evidente —opinó el primero.

—Para entonces podría ser demasiado tarde y habríamos quedado como unos tontos ante el mundo —rugió Wilson— ¿qué más necesitamos para convencer a la gente de las verdaderas intenciones de Alemania? —Preguntó descorazonado.

—Necesitamos un milagro —emergió apenas audible una voz perdida.

Y el milagro se hizo. Contra toda lógica, arrojando por tierra todo lo ganado en credibilidad y echándose prácticamente la soga al cuello, Zimmermann confirmó la autenticidad de su telegrama. Intentaba plasmar de cara al mundo las razones de su proceder.

—No se trataba de una carta al presidente Carranza —explicó en su, hasta cierto punto ingenuo, discurso— sino el envío de instrucciones al embajador por un medio que me pareció seguro. La petición a México solo surtiría efecto en caso de que Estados Unidos entrara a la guerra; de hecho, espero que aun llevando a cabo nuestra guerra irrestricta submarina los norteamericanos permanezcan neutrales. Me parece increíble que el presidente Wilson, mostrando muy poco tacto político, haya roto relaciones diplomáticas con mi país en cuanto se enteró del telegrama sin dar oportunidad siquiera a nuestro embajador de ofrecer alguna explicación con relación a nuestra postura y negándose, además, el gobierno norteamericano, a negociar.

Arthur Zimmermann creía, con toda honestidad, que los norteamericanos comprenderían que la verdadera intención de Alemania era, finalmente, que se mantuvieran neutrales a pesar de las víctimas de aquel país que ocasionaría la guerra submarina. Ese era el fin último de su declaración.

Desgraciadamente a pesar del excelente trabajo de espionaje en México Zimmermann, con su germana mentalidad, no se daba cuenta cabal de la cercana relación que por muchos motivos, vecindad, comercio, flujo migratorio de personas, etc., mantenían a los Estados Unidos y a México como mellizos siameses, irremediablemente unidos; y bajo esa perspectiva tampoco comprendía como un país podía verse despojado por su vecino de una buena parte de su territorio sin querer, cuando menos, intentar recuperarlo.

Esperaba que ahora que su as bajo la manga había sido descubierto, Carranza apresurara su respuesta y aceptara la proposición. Comprendía, para su desgracia, que el factor sorpresa se había perdido, pero aún había mucho camino que podrían recorrer juntos.

Le preocupaba enormemente el que Estados Unidos hubiese roto sus relaciones diplomáticas con su país tan rápidamente, pues esto los colocaba ya a tiro de piedra de la declaración de guerra.

Las afirmaciones del ministro alemán le dieron un giro al oleaje de la opinión pública en Estados Unidos. Se despertó el violento monstruo del sentimiento anti alemán al percibir que su país había sido víctima de una traición.

Los discursos de los diplomáticos germanos no podían detener ya la creciente llamarada de indignación contra Alemania. Quienes al principio habían creído en la buena fe de los teutones, ahora se sentían defraudados, engañados y utilizados.

En el congreso las caldeadas opiniones se polarizaron, aunque a final de cuentas Alemania salía perdiendo por mayoría.

La reunión urgente que se desarrollaba en la Casa Blanca estaba envuelta en un aura completamente diferente de la de la última vez. Las sonrisas enmarcaban todos los rostros y las voces resonaban optimistas. Una que otra carcajada ametrallaba el lugar.

—Pero ¿Qué significa esto? —Preguntó Wilson mostrando en el periódico la nota sobre la declaración de Zimmermann.

—El milagro que esperábamos —respondió alguien.

—Creo que si le hubiéramos pedido que lo dijera no lo habría hecho —comentó el presidente con una sonrisa de satisfacción.

—Esta aclaración no es más que la confirmación de la evidencia que ya teníamos con el telegrama —opinó otro.

—Confirmación que nos cae de perlas viniendo del mismísimo hombre que envió el telegrama —acotó Wilson—

supongo que ya no habrá reticencia sobre lo que debemos hacer.

—Me parece que solicitar la declaración de guerra contra Alemania en este momento sería apresurado —dejó caer como balde de agua helada uno de sus asesores.

—¿Apresurado? —Preguntó Wilson incrédulo.

—El congreso aún está dividido —explicó el primero— debemos estar seguros de contar con la mayoría al hacer la solicitud.

—¿Quieres que nos quedemos con los brazos cruzados? —Preguntó otro asesor con belicoso acento.

—Por supuesto que no. Pero por ahora sería mejor solamente solicitar al congreso que se armen nuestros buques para poder responder en caso de un ataque submarino alemán.

La discusión continuó con sus dimes y diretes, pero a todos unificaba el sentimiento de que si querían obtener del congreso respuestas satisfactorias a sus propuestas debían avanzar con mucho tiento.

Finalmente se llegó al acuerdo de que, por lo pronto, el presidente solicitara la autorización para armar las naves.

—¡Han dado el primer paso! —Con quebrada voz el secretario de Zimmermann le entregó un comunicado urgente, transpirando alarma.

—¿El primer paso? —Preguntó el ministro desconcertado

Tomó el papel que se le ofrecía y se sumergió en el mar de información. Su rostro se volvió cerúleo, algo andaba mal. No esperaba que los americanos reaccionaran así; al menos no tan pronto.

De súbito su cerebro digirió las palabras de su secretario. Efectivamente, los norteamericanos habían dado el primer paso; el primer paso hacia su entrada en la Gran Guerra al lado del bando contrario. Pasó una mano por la de pronto húmeda y resbalosa frente. Ordenó la presencia inmediata del jefe de inteligencia.

El impasible rostro del agente enmascaraba el nerviosismo que le comía las entrañas al presentarse frente al ministro. Aquella premura no podía significar nada bueno. En silencio recibió el papel que con patibularia faz le extendió Zimmermann y lo devoró.

—¿Sabe lo que eso significa? —Pareció golpearle la cara la helada voz del ministro.

El hombre asintió demudado. Sí, lo sabía; bien que lo sabía.

—¿Hay alguna respuesta de México? —La pregunta salió nerviosa, desesperada.

— Nada todavía —desgarraron su garganta las palabras.

—El tiempo se agota —la ira contenida salpicaba de sangre sus mejillas— no podemos esperar; los norteamericanos no tardarán en declararnos la guerra y debemos contar con el apoyo de México, de otra manera nuestros días estarán contados.

—¿Quiere decir que perderíamos la guerra? —La incredulidad empalideció el ya desencajado rostro del agente.

—Digamos que nuestro triunfo se complicaría —respondió el ministro apesadumbrado, arrepentido de haber sacado a la luz su sentimiento más íntimo.

En el fondo de su alma estaba seguro de que la entrada de Estados Unidos a la guerra daría al traste con todo lo ganado por su país. Significaba el fin de la contienda con los peores resultados para Alemania. La humillación del vencido; la burla del vencedor. Sin embargo, dejar traslucir siquiera un pensamiento de este tipo en las horas que se vivían podría significar la muerte para cualquiera, cuanto más para él.

No, tenía que mantener las apariencias, mantener la cordura y ecuanimidad. Las cosas aún podrían tener solución. Traspasó con la mirada al agente:

—Debemos presionar a México —ordenó casi a gritos— a Carranza, a Obregón, a quién sea. ¡A todos, si es necesario!

El agente le sostuvo la mirada, asintiendo suavemente. Giraría las indicaciones de inmediato; movilizaría a todos sus espías en México. La hora había llegado y no habría vuelta atrás.

El primero en recibir las órdenes terminantes de presionar a los mexicanos fue el embajador en México von Eckhart. Con alas en los pies como un Apolo, se apersonó en la oficina presidencial en Palacio Nacional. Con la celeridad que el apremiante anuncio ameritaba fue escoltado hasta el lugar donde despachaba asuntos el presidente. Al entrar tropezó de manos a boca con un general que salía apresuradamente.

—Lamento la interrupción señor presidente —se excusó agitado aún por el paso veloz con que llegó; los efectos del tabaco en su condición física comenzaban a ser evidentes— pero tengo que hablar con usted urgentemente —la mano al bolsillo y enjugarse la sudorosa frente con el pañuelo fue todo uno

Escudándose tras los redondos espejuelos, los ojillos de Carranza se clavaron como gélidas estacas en el recién llegado.

—Soy portador de un mensaje urgente de mi gobierno —comenzó el embajador tratando de controlar el desbocado corcel en que se había convertido su corazón.

Carranza se mantuvo impávido. Ocupando la silla presidencial tras el elegante escritorio semejaba un muñeco sacado de algún museo de cera, sin movimiento, sin emoción... sin vida.

La respiración acompasada, los ojos fijos, el inexpresivo rostro prematuramente avejentado por el tupido bigote y la larga y blanca barba lo hacían verse imponente. Con un ademán le ofreció una silla; el embajador se acomodó en ella como gallina empollando un huevo.

—¿Me decía? —La estentórea voz de Carranza casi lo sobresaltó.

—Supongo que está usted enterado de la actitud que ha tomado el gobierno estadounidense —comenzó el embajador buscando algún signo de comprensión en el cadáver viviente que tenía enfrente.

Un leve movimiento de cabeza del presidente lo animó a continuar.

—Estamos seguros de que comenzar a armar sus buques mercantes es tan solo el inicio de lo que pronto será una declaración de guerra formal contra mi país – floreció en sus labios un velado tono de reproche.

Con su mente viajando a los más recónditos confines del universo, Carranza permanecía inmutable. Ni un gesto, una palabra, un sonido siquiera dejaban traslucir emoción alguna.

—Señor presidente —continuó von Eckhart tratando de disimular la desesperación que la helada actitud del primer jefe le producía— mi país confía en usted. Estamos seguros de que no nos defraudará y aceptará la propuesta que le hicimos con anterioridad. ¡Necesitamos su confirmación ahora!

Como impulsado por un resorte desde su asiento Carranza se puso de pie. Su espigada figura se elevó como un gigante frente a su interlocutor; el traje gris de corte militar con botonaduras hasta el cuello lo hacía parecer aún más alto. No era militar, ni se ufanaba mentirosamente de ello; por el contrario, siempre había pugnado por ser reconocido como civil. Se enorgullecía de haber podido mantenerse al frente de poderosos ejércitos sin haber caído en la tentación de otorgarse grado militar alguno, desoyendo los consejos en ese sentido de sus más allegados colaboradores. Estaba consciente que la lucha con las armas era necesaria, pero una vez logrado su objetivo, haría hasta lo imposible para que se restaurara la paz en el país. Aún no lo había logrado; no del todo.

Ahora frente a él, el emisario de una potencia con la que internamente simpatizaba le pedía, ¡le exigía!, que metiera de nuevo a su amada patria en una lucha, muy probablemente suicida, contra un enemigo poderoso.

Dio la vuelta con parsimonia alrededor de la habitación, las manos entrelazadas a la espalda como era su costumbre. En su mente sopesaba todas las posibilidades, tenía mucho que ganar, sí, pero también mucho que perder. Podría tratar de convertirse en un héroe nacional, cuya imagen quedara grabada con fuego a través de los siglos en las gloriosas páginas de la historia, más con la misma facilidad podría quedar como el provecto sujeto que por sus ansias de poder fue el causante de la desintegración de su nación, mucho peor que Santa Anna.

La frente del embajador se perló con la lluvia de sudor que se deslizaba desde su cabeza en el ominoso silencio de la habitación, su corazón galopaba con frenético ritmo. Sabía que aquella decisión podría cambiar el rumbo de la historia.

—Aún no he recibido respuesta de mis generales —dijo al fin haciendo gala de toda su experiencia política.

—Pero, señor presidente, no podemos esperar más —lo urgió von Eckhart— la situación se ha complicado y necesitamos su apoyo; lo necesitamos ahora, señor presidente.

Carranza volvió a tomar asiento. Sabía que en el embravecido mar de la guerra en que estaban inmersos México era ya la única tabla de salvación para Alemania, pero ¿a qué precio? Necesitaba más tiempo para ver hacia dónde se inclinaba el fiel de la balanza.

—Por el momento lo único que puedo hacer es prometerle que le daré una respuesta lo antes posible— respondió lacónico.

—Estamos preparados para enviar un contingente de soldados elite a entrenar a sus fuerzas —propuso el embajador— si usted nos autoriza, lo estaríamos embarcando mañana mismo.

Los ojos de Carranza se alinearon con el horizonte. Se sintió como un pez a punto de morder el apetitoso anzuelo; mas no caería en la trampa tan fácilmente.

—No puedo permitir que ningún soldado extranjero pise suelo patrio en estos momentos, me acusarían de traición.

—Podría usted decir que son solamente asesores militares; no tomarían parte en ningún encuentro armado, por lo pronto —insistió el embajador.

—¡Es lo único que necesitarían los Estados Unidos para invadirnos de nuevo! —Se defendió Carranza— no, señor embajador, dejaremos las cosas como están hasta recibir la respuesta de mis generales. Puede usted informar a su gobierno que estamos tomando las cosas con la premura, pero también con las precauciones que la situación amerita. Gracias por su visita.

El hielo que cubrió la habitación con la última frase era suficiente para congelar la sangre de cualquiera y no dejaba lugar a duda, la entrevista había terminado.

Capítulo Siete

Ese viejo taimado de Carranza... - comentó entre dientes Zimmermann al enterarse de lo ocurrido – está haciendo tiempo para ver como pinta el panorama, para ver hacia qué lado le conviene moverse.

—Y en verdad para nosotros no pinta nada bien —colocó la lápida el oficial de inteligencia.

Zimmermann se hundió en sus pensamientos. Habían apostado todo a un solo naipe y parecía que éste se negaba a salir; si las cosas seguían como hasta ahora podrían perder el juego y en el juego de la guerra tenían apostada la vida.

Se arrellanó en su asiento, incómodo. No acababa de entender la forma de pensar de los mexicanos. Ciertamente era muy diferente de la de los germanos, por lo que sus planes comenzaban a caerse como las hojas en otoño, arrastradas hasta por la más suave brisa.

Estaba convencido de que les estaban poniendo las cosas en bandeja de plata a los habitantes de la tierra del nopal ¿Que tendrían que hacer algún sacrificio? Claro que sí. ¿Que costaría algunas vidas? Todo tiene un precio. Pero seguramente los resultados pagarían con creces la sangre derramada. ¿Qué más que recuperar los territorios que les fueron arrebatados por Estados Unidos en la guerra de 1848? Y vaya que eran enormes; tan solo Texas era el estado más grande en aquel país. ¡Estúpidos mexicanos miedosos! – pensó. Aunque tal vez por eso habían visto degollado su territorio, ¡y se habían quedado tan campantes! Ni siquiera un intento por recuperarlos; no habían actuado ni diplomáticamente. Sí, eran unos tontos. Pero eran los tontos que necesitaban ahora.

—¿Qué piensa hacer si Carranza no accede?

La voz del oficial lo sobresaltó, golpeándolo de lleno con la cruda realidad. Su rostro se endureció. Aquella espera podría echar abajo todo lo planeado. Las intenciones de Estados Unidos podían olerse a distancia. Esperaban tan solo que los tocaran con el pétalo de una rosa para entrar de lleno en la guerra, y si no tenían el contrapeso del pleito con México volcarían todo su poderío contra Alemania.

—¿Qué pasó con Obregón? —Pregunta contra pregunta.

—Pronto tendremos noticias —aseveró el oficial— mis hombres están trabajando.

—¿Tenemos más esperanza con él? —la voz de Zimmermann sonó escéptica.

—Los mexicanos son impredecibles —semisonrisa irónica.

—Desgraciadamente así es —convino secamente el ministro— tarde me estoy dando cuenta de eso.

Su plan, finamente armado como la más importante partida de ajedrez, parecía ahora más bien un barco a la deriva, dando tumbos a diestra y siniestra y, francamente, el ministro comenzaba a dudar en poder mantener el timón.

Al otro lado del mundo, los espías alemanes cumplían su labor.

—Endiablado calor —pensó Hans empapando la ropa de sudor, mientras esperaba hablar con el general Álvaro Obregón.

Estacionado en Sonora, uno de los estados más secos y calientes del noroeste de México, el ejército de Obregón se aprestaba para entrar en acción. ¡Qué diferencia de los verdes y frescos bosques de Alemania! Acá el parduzco color caqui predominaba en el árido y polvoso suelo, matizado aquí y allá con algún espinoso cactus. A lo lejos la tierra parecía hervir levantando imaginarias ondas de calor hacia el límpido cielo. Era lo más cercano que se podía estar al infierno.

—Me estoy cociendo —se desesperó el extranjero enjugándose la empapada frente con su pañuelo.

Los hombres a su alrededor le lanzaban miradas de recelo y desconfianza. Muchos de ellos eran indios yaquis puros, dueños originales de aquellas tierras. Morenos, tatemados por el iracundo sol de aquellas latitudes y cubiertos por anchos y redondos sombreros, se mantenían indiferentes a las altas temperaturas.

—Ya los quisiera ver entre la nieve —masculló para sus adentros el alemán. Pero aquí cualquier copo de nieve, si es que alguno llegara a caer por milagro, se evaporaría mucho antes de tocar siquiera el suelo. Se imaginaba a su cerebro cocinándose dentro de su cabeza como dentro de una mugrienta olla de barro de las usadas por las adelitas de acá, las mujeres de los soldados, para cocer los frijoles. Primitivo país.

Una voz lo sacó de su marasmo jalándolo bruscamente de vuelta a la realidad, si es que este lugar infernal era la realidad.

—Mi general lo recibirá ahora —le dijo.

Siguió al militar hasta una polvorienta tienda de campaña; el hombre levantó parte de la tela que hacía las veces de puerta, deslizando un pequeño alud de tierra hacia el suelo, y le hizo un ademán para que entrara. El interior estaba un poco más frcso, cuando menos guarecidos contra el inclemente sol. Cuando sus ojos se acostumbraron a la penumbra interior pudo darse cuenta del rechoncho hombre que con ojillos de curiosidad lo miraba sentado al fondo del raquítico espacio.

—General Obregón —se presentó— mi nombre es Hans Bach.

—¡Siéntese, amigo! —Lo invitó cordial el general— y tómese un vaso de agua antes de que se deshidrate, está haciendo mucho calor.

—Vaya que sí, señor general —respondió el alemán tomando un jarro de barro y llenándolo de la redonda ánfora del mismo material que había sobre una pequeña mesa.

Sorprendentemente el agua estaba fresca, bastante fresca. El hombre apuró el líquido con reprimido deleite y se quedó mirando el colorido recipiente.

—La que guste —le convidó el general adivinando sus pensamientos.

El hombre volvió a llenar el jarro. Era como volver a la vida; sintió el freso río correr por dentro de sus entrañas desembocando en su estómago, revitalizándolo.

—Pensé que estaría caliente —comentó Hans señalando la vasija— como todo por acá.

El general asintió sonriendo

—Un viejo truco de nuestros indígenas —explicó— el barro de la vasija es poroso y el agua del interior se filtra lentamente hacia fuera donde se evapora enfriando el recipiente y manteniendo el resto del líquido fresco en el interior. Algo similar a lo que hace el sudor en el cuerpo humano.

—Muy interesante —convino el extranjero—. Después de todo, estos indios no son tan tontos —pensó.

—Y ¿qué lo trae hasta estas lejanas tierras? —Preguntó con disimulada curiosidad Obregón— lejanas de su país, por supuesto —aclaró.

El extranjero se sintió incómodo. El agua bebida hacía que sudara aún más; sentía la ropa pegada al cuerpo como una lapa. Así debían sentirse las víboras al cambiar de piel.

—Como usted sabe —se aclaró la voz— buscamos el apoyo de su país para nuestra causa.

—Ya he tenido conversaciones con otros emisarios del Káiser —interrumpió Obregón en tono molesto— y como les dije antes, no es a mí a quién deben dirigirse sino al presidente Carranza.

—Estamos conscientes de ello, señor general. Sin embargo, hemos encontrado en Carranza una tibieza desesperante y pensamos que hay mejores hombres en este país, hombres que pueden tomar decisiones trascendentales con la premura que el caso amerita; y no hay entre ellos nadie mejor que usted, señor general.

Obregón clavó sus ojillos de ratón en el extranjero; esa clase de lambisconería la conocía muy bien. Trataba de ensalzarlo, de agradar a su ego, de darle por su lado como dicen en el norte, pero tras esa careta sabía muy bien que lo que los alemanes buscaban era sacar el mayor beneficio para ellos. Tal vez por eso Carranza les daba largas; el viejo tenía mucho colmillo, había que reconocerlo, por algo había llegado a donde estaba. Y no es que personalmente simpatizara con él, no; en su interior, Obregón estaba convencido de que él podía hacer las cosas mucho mejor. Tenía en la mira la presidencia de México, pero había que ser paciente. Todo llega en su momento, se decía, y el rey viejo tarde o temprano tendría que irse; y entonces él, que procuraba por ahora seguirle la corriente y mantenerse cerca del primer jefe, podría dar el paso decisivo. Apoyar abiertamente a los alemanes en este momento, contraviniendo la actitud de Carranza, podría dar al traste con sus aspiraciones. Por otro lado, granjearse el apoyo alemán podría serle de utilidad, tal vez no ahora, pero en un futuro.

Con un suspiro, Obregón dejó que sus pensamientos se evaporaran en el calor del lugar.

—Y ¿Cómo creen ustedes que les puedo yo ayudar? —Preguntó.

El alemán sonrió; sabía que a los mexicanos se les ganaba con elogios, y para muestra bastaba este botón. Por un momento se sintió como el gato que le ha echado el ojo a un ratón, ya no se le iba a escapar.

—Sabemos que usted es un hombre muy cercano al presidente Carranza; que él escucha sus consejos y los toma en cuenta —dejó caer las palabras lentamente, buscando el mayor efecto— usted es un hombre muy poderoso, general.

El bigote de Obregón bailó en lo que pareció una fugaz sonrisa.

—No tan poderoso como el presidente —se comparó.

—Hay hombres tras el trono que tienen más poder que el mismo rey —parafraseó el alemán.

Obregón entendió perfectamente la comparación; conocía la historia del Cardenal Richelieu. Más él no pensaba estar siempre a la sombra de Carranza.

—Y ustedes quieren que yo… —deliberadamente dejó la frase sin terminar.

—Convenza al señor Carranza de que se una a nosotros —la terminó el alemán.

Obregón se llevó su única mano al bigote retorciéndolo suavemente para sacarle punta, mientras dejaba que las ideas que se revolvían en su cabeza se asentaran.

Los ojos de acero del alemán parecieron destellar por un instante; había lanzado la carnada esperando atrapar a su presa.

Por una fracción de segundo las miradas se cruzaron, hielo y fuego, día y noche. Las diferencias entre ambos países eran abismales, ¿cómo entonces podrían unirse en una misma causa?

¿Acaso al Káiser alemán verdaderamente le preocupaba la suerte que corrieran los mexicanos? ¿O solamente los quería como carne de cañón? Carranza le había comentado las intenciones alemanas, apoyarlos en una eventual guerra contra Estados Unidos e intentar recuperar los territorios perdidos contra éste en los tratados de Guadalupe Hidalgo en 1848, donde con toda premeditación, alevosía y ventaja México había sido despojado de gran parte del territorio nacional del norte; California, Arizona, Nuevo México y Texas habían cambiado de dueño de un plumazo. Los pobladores quedaron atrapados como por encanto en otro país, otras costumbres, hasta diferente idioma. Alrededor de una tercera parte del país se había perdido y México tuvo que callar, reprimir su ira y su dolor ante tamaña amputación; tragarse su orgullo y agachar la cabeza, agacharla una vez más ante un extranjero, un rival todopoderoso, imbatible, implacable.

Estados Unidos se había mostrado en ese entonces magnánimo con México, bonito vecino, al no querer adueñarse por completo del país. Pero si se había llevado todo el oro de California, el petróleo de Texas, ¿qué le importaba el remanente de basura? Porque así consideraba al resto del país; solo le habría servido de estorbo. Habrían tenido que emplear con los mexicanos aquel viejo dogma que utilizaron durante el tiempo en que les quitaron las tierras a los indios y que rezaba: el mejor indio es el indio muerto, y acababan entonces con poblaciones enteras no respetando mujeres, niños ni ancianos. ¿Para qué echarse a cuestas la carga del resto de México si podía quedarse tan solo con la parte más rica? Así lo hizo. Asunto terminado; asunto olvidado.

Y ahora venían los alemanes con el cuento de que, si los ayudaban los mexicanos, ellos a su vez los apoyarían para recuperar el territorio perdido. Como si nos importara tanto. Y, ¿cuál sería el costo? ¿Cuánta sangre habría que derramar por ponerse con Sansón a las patadas? ¿Acaso los alemanes estaban dispuestos a derramar la suya en territorio mexicano por una causa ajena a ellos? ¿Qué tan confiable sería su palabra?

Estos pensamientos pasaron como relámpago por la mente de Obregón. Sacudió ligeramente la cabeza como para deshacerse de ellos y arrojarlos a la arena para secarse al calor del desierto.

—Muy bien —replicó— hablaré con Carranza.

El alemán no pudo evitar la amplia sonrisa que se dibujó en su rostro sudoroso. Sí, había atrapado a su presa.

—Créame general —sonó meloso— mi país no olvidará su apoyo.

—No le estoy prometiendo que lo haré cambiar de opinión —rectificó el general— solamente que hablaré con él. Usted sabe que Carranza es…

—¡Un viejo tozudo! —Pensó el alemán, mientras Obregón encontraba la palabra adecuada.

…muy delicado en cuestiones internacionales —terminó el general.

—Lo sabemos, general. De cualquier manera, agradeceremos su intercesión.

El extranjero se levantó y con una ligera caravana salió de la tienda.

Obregón se quedó divagando en el vacío. Las ideas formaban un torbellino en su cabeza. Una embriagante sensación invadió todo su cuerpo al pensar en el poder; la misma placentera sensación que lo ponía a caminar sobre las nubes cuando ganaba las batallas. El poder pronto podría ser suyo. Iba a jugar con fuego y debía hacerlo inteligentemente para no quemarse; sabía que un solo error podría lanzar por la borda todo lo que había logrado... y podría costarle la vida.

Su larga trayectoria política lo había vuelto muy desconfiado, y desconfianza fue el primer sentimiento que invadió a Carranza cuando le informaron sobre la petición del general Álvaro Obregón de una audiencia. Le informaba que dejaría el mando del cuerpo de ejército del oriente en manos de su más allegado colaborador para acudir a la Ciudad de México para la entrevista.

¿Qué sería tan urgente e importante para que el ya afamado general, héroe de mil batallas, se desplazara tantos kilómetros para hablar personalmente con él?

Carranza no podía apartar los ojos del comunicado mientras se devanaba los sesos pensando en las implicaciones. Todavía existían rebeliones en diferentes partes del país. Su llegada al poder no había sido suficiente para apaciguar y mucho menos unificar los muchos grupos que se encontraban levantados en armas contra Huerta y que ahora se oponían, por medio de las balas, a su legítimo gobierno. Sabía que muchos de estos grupos solo buscaban llevar agua a su molino; lo que pasara con la vida nacional les importaba un comino.

Se mesó la larga barba como quién acaricia un gato mientras recordaba. En cierta forma él había actuado igual. Al inicio de la revolución, cuando su coterráneo Francisco I. Madero había empezado a levantar la voz contra el gobierno de Porfirio Díaz y trataba de evitar otra reelección del dictador, se había acercado a él pidiendo su apoyo. En ese entonces, como gobernador del norteño estado de Coahuila Carranza tenía influencias y muchos conocidos, sobre todo entre la gente pudiente, los dueños de vidas y haciendas. Tal vez su adhesión a la causa hubiera llevado al incipiente movimiento por otros senderos; pero dudó. Dejó pasar el tiempo para ver cómo se sucedían las cosas; como político le gustaba jugar a lo seguro. Además, toda su vida pública la había realizado bajo el mandato de Don Porfirio y no quería perder todo lo ganado por algo que podría ser nada más que llamarada de petate.

Si conocía la forma de actuar de Díaz, y la conocía muy bien, en aquel momento estaba seguro de que acabaría con el movimiento a sangre y fuego y las cosas seguirían igual. *Mátalos en caliente* dijo una vez Don Porfirio y esta máxima se había convertido en su más efectiva manera de llevar las riendas del país.

Tantos años en el poder, más de treinta, habían hecho que el antiguo héroe militar se sintiera el dueño de la nación. En realidad, para entonces ya era el amo y señor de México. Sus deseos eran órdenes y todos los que pertenecían a la clase política se encontraban en sus puestos por su venia; hasta los presidentes municipales de los pueblos más rascuaches habían pasado por su personal aprobación.

Cierto que la mayoría de la población vivía sumida en la más espantosa miseria, sobre todo los jornaleros de las haciendas. El sistema creado y alimentado por Díaz había puesto la riqueza en manos de unos pocos, muchos de ellos extranjeros, mientras la miseria rodeaba con sus andrajosos brazos a los más. Los trabajadores del campo tenían escuálidos salarios y eran obligados a comprar en las tiendas de raya, tenduchas apostadas en el interior de las haciendas donde los productos eran caros y malos y el empleado, al no completar para el chivo o gasto diario, se endeudaba en la tienda donde le cobraban intereses leoninos de manera que cada día de pago no solo no podía liquidar la deuda, sino que debía aún más. Y como las deudas se heredaban, muchas familias quedaban comprometidas por generaciones obligándose a trabajar para el amo de por vida. Esclavitud disfrazada, autorizada por el gobierno, patrocinada por él.

Los extranjeros en cambio prácticamente saqueaban al país, pues gozaban de exenciones de impuestos para instalar y explotar los ferrocarriles, así como el petróleo, minas, etc. obteniendo con ello ganancias millonarias. Algunas familias eran dueñas de extensiones de terreno inimaginables, sobre todo en el norte y Carranza las conocía muy bien.

Los Creel y los Terrazas en Chihuahua eran prácticamente los dueños del estado entero. Circulaba por aquellos lares a manera de patética burla una pregunta y respuesta que rezaba; ¿Los Terrazas son de Chihuahua? No, Chihuahua es de los Terrazas.

Y en Coahuila no cantaban mal las rancheras. Él como gobernador había utilizado su poder, en no pocas ocasiones, para que la ley sirviera a los intereses de esos particulares. La ley estaba para servir a los ricos y poderosos y castigar con todo su rigor a los humildes.

La invitación de Madero para unirse contra Díaz había puesto a Carranza en un verdadero predicamento, pero si algo había aprendido en la política era a no ser el primero en algo. Los pioneros son los que reciben las flechas en la espalda, rezaba un dicho norteamericano y él prefería tomarse su tiempo y esperar para ver cómo se sucedían las cosas, antes de hacer su jugada.

Cuando por fin calculó que Don Porfirio dimitiría, entonces, y solo entonces, se apresuró a proclamar a los cuatro vientos la ilegalidad del mandato de Díaz y su irrestricto apoyo a Madero.

Una mueca que quiso ser una sonrisa se dibujó en sus labios al recordar. Había sido una jugada maestra. Pasó de ser un político porfirista para enarbolarse como un baluarte de la revolución. La paciencia premia —se dijo.

Cuando Victoriano Huerta, el general encargado de cuidar la seguridad del ya para entonces presidente Madero lo mandó asesinar y usurpó el poder, Carranza se puso al frente de quienes se volcaron en su contra. Francisco Villa desde Chihuahua, Álvaro Obregón en occidente, Emiliano Zapata en el sur y otros más se unieron contra el usurpador. Luego de muchos encuentros armados, con el suelo patrio regado con la sangre de sus hijos y a un costo económico terrible, al ver su suerte echada el chacal prefirió huir.

Por supuesto que Carranza como jefe de los ejércitos vencedores sentía que debía ocupar per se la silla presidencial. Sus demás compañeros de armas no pensaban lo mismo. Decidieron hacer una convención con representantes de todo el territorio nacional para elegir un presidente de México, pero él, que ya se había autonombrado presidente, no estaba dispuesto a ceder su lugar tan fácilmente. Entonces las fuerzas se dividieron. Villa, que nunca lo había tragado, se puso desde luego en su contra, así como otros generales. Obregón, por fortuna, se quedó de su lado. Obregón tampoco congeniaba con el testarudo y furibundo Pancho Villa y ahora las fuerzas se enfrentaban. Carranza, estaba seguro de que tarde o temprano se alzarían con el triunfo y por fin en el país reinaría la paz y él, como presidente, tendría el control total. A fin de cuentas, el método empleado por Díaz en su momento había rendido buenos resultados y Carranza, conocedor a fondo de este, podría mantener la paz y la prosperidad del país aplicando los ya probados principios de su antecesor.

Sabía que en esos momentos la silla presidencial era el apetitoso hueso que todos los perros querían, y había que irse con mucho tiento. Las traiciones estaban a la orden del día. El mismo Villa temía morir traicionado y el hecho de estar en la presidencia no lo hacía a él menos vulnerable.

En el caso de la invitación de Alemania, si se la iba a jugar con los germanos tenía que estar seguro de la lealtad de sus mejores generales, entre ellos Obregón y su achichincle Plutarco Elías Calles. Si los norteamericanos invadían territorio mexicano era posible que hasta el mismo Villa se les enfrentara, porque sería un bravucón patarrajada, pero eso sí, patriota lo era.,

Por el momento seguían siendo muchos asegunes, así que lo mejor que podía hacer era llevarse las cosas con calma, esperar la respuesta de sus generales y entonces sí actuar en consecuencia.

Sus pensamientos regresaron a Obregón. ¿Por qué tanta urgencia de hablarle personalmente? Esos secretitos le daban mala espina.

Deseó ahogar todas sus dudas con el vaso de agua fresca que había tomado de encima de su escritorio.

Capítulo Ocho

Zimmermann levantó la vista cuando entró a su despacho el director de inteligencia. Su generalmente adusto rostro venía enfundado en una indefinible sonrisa. El ministro trató de adivinar, pero las facciones del recién llegado eran inescrutables. Entró como Juan por su casa y tomó asiento sin pedir permiso; con una euforia apenas contenida comentó:

—Al fin estamos avanzando.

Zimmermann enarcó una ceja; la actitud del otro lo tenía desconcertado, al igual que sus enigmáticas palabras. Los acerados ojos del espía brillaron con emoción.

—¿A qué se refiere? —lo interrogó con los ojos tras una mirada tranquila.

—A México. Al fin estamos avanzando —desgajó cada palabra.

—¿Carranza aceptó nuestra propuesta? —Casi pega un brinco Zimmermann.

—No, no todavía —lo bajó de la nube el director— pero hemos logrado que el general Obregón interceda por nosotros; siendo tan cercano creo que nuestras probabilidades de que México se nos una aumenta.

Zimmermann se apaciguó con un suspiro. Bueno, para como estaban las cosas, en realidad sí era un avance. Personalmente le hubiera gustado que Carranza dejara de jugar al indeciso de una vez por todas; esa incertidumbre lo estaba matando.

El humo del cigarrillo que encendió con impaciencia le anestesió por un momento el cerebro; luego de aceptar uno el agente se unió al rito; la enrarecida bruma artificialmente creada saturó el ambiente después del corto viaje por sus pulmones.

—Espero que Obregón pueda convencer a Carranza, aunque la verdad es que ya no sé qué pensar de los mexicanos —reconoció el ministro con pesadumbre mientras transformándose en dragón echaba un par de hilos de humo por la nariz— actúan contra toda lógica. Tal parece que viven en otro mundo.

—Tal vez lo hacen —comentó el otro imitando el efecto dragón —recuerde que sus raíces son hispanas y nuestra idiosincrasia es muy diferente que la de los españoles. Si a eso le agrega que se mezclaron con los indios, quien sabe que abominables mentalidades resultaron.

Sonrisa de complicidad de Zimmermann. Excéntricos, sí; locos, incomprensibles, chiflados. Y a ellos apostaron la victoria de la gran guerra, meneó la cabeza. Menudos socios se habían buscado. En fin, mientras ellos hicieran su parte del trato, qué le importaba a él como pensaran o se comportaran. La heráldica mexicana no le interesaba en lo más mínimo.

Masajeando suavemente la nuca buscó un alivio a la pesada loza que cargaba en sus espaldas y que lo agobiaba cada día más. Había concebido el plan perfecto para llevar a su país a la victoria, pero los cimientos que había puesto en México no fraguaban. Los pensamientos comenzaron a girar vertiginosamente en su cabeza, igual que en sus noches de insomnio cuando su mente febril daba por hecho que México aceptaría de inmediato, sin pensarlo dos veces, la ventajosa propuesta que les envió. La empapada almohada era el mudo testigo del trasudar nocturno, de las vueltas sin fin en la cama que de descanso no le daba ni un segundo. De nuevo clavó sus dedos en la nuca tratando de aligerar la pesadez. Estaba consciente de la inutilidad de sus esfuerzos; la loza seguiría ahí, aplastándolo cada día más.

—Y ¿qué hay de Villa? —Preguntó aterrizando de nuevo en la realidad.

Los ojos de su interlocutor se volvieron una línea. Evidentemente no tragaba a Pancho Villa; suficiente era la mención de su nombre para que se le trastocara el semblante. Inquisitivo, trataba de encontrar la forma de poner en palabras sus ideas. Al principio pensó que lo convencerían fácilmente, los americanos habían lastimado tanto a México que seguramente la sola idea de vengarse de los agravios recibidos bastaría para ponerlo de su lado. Craso error. Tal parecía que Villa estaba enamorado del enemigo; los trataba con deferencia, intercedía inclusive por sus intereses. ¿Qué estaría pensando?

La voz de Zimmermann lo sacó de sus cavilaciones:

—Es un excelente militar, y si lo tuviéramos de nuestro lado…

—¿Militar? —Lo interrumpió el director con un dejo de desprecio— ese no es más que un forajido, un infeliz roba vacas, como le dicen allá.

El comentario sorprendió al ministro. Había leído lo suficiente sobre Pancho Villa para saber que era un estratega nato; sus sonadas victorias así lo demostraban.

—Los éxitos militares del general Villa lo avalan —porfió el ministro.

—Ni siquiera es general —contraatacó el otro con una mueca de desdén en sus labios— los militares de carrera le dicen *honorario* Villa, pues su grado no proviene del escalafón militar.

—Su desprecio por ese hombre es evidente, señor director —respondió contundente— pero a fin de cuentas como se haya apropiado de ese título no nos importa; lo que sí nos importa es que nos ayude a convencer a Carranza.

—Usted sabe, señor ministro —trató de dominar su exaltación el otro —que Villa amenazó a mi agente con fusilarlo si insistía en el tema otra vez.

—¿Y por la vida de un hombre pone en riesgo la victoria de nuestro país? —Rugió Zimmermann estrellando su mano sobre el escritorio.

El director brincó en su asiento. La actitud del ministro lo sorprendió; regularmente era un hombre tranquilo y mesurado en la exposición de sus ideas. Debía tener acumulada mucha tensión para reaccionar así.

—¿Quiere usted que mande de nuevo a mi hombre a ver a Villa? —Preguntó aún incrédulo.

—¡De inmediato! —Contestó el ministro con una voz que no admitía protesta alguna.

Las aperladas gotas resbalaban como en tobogán desde su cabeza, recorrían ligeras sus afiladas facciones y acababan fundiéndose con el cuello de la camisa. Sería el calor, serían los nervios, serían las adustas y desconfiadas miradas de los hombres que le rodeaban, engüaripados todos, marañas de bigotes y barbas por doquier, con cananas cuajadas de balas cruzándoles el pecho y los fusiles prestos; algunos portaban pistolas al cinto enfundadas en piel de vaca que en algún momento fue clara tornada ahora en negruzca y pringosa, evidencia del maltrato y las batallas.

Hombres rudos, curtidos por el sol. Manos ásperas y toscas, callosas. Mal encarados la mayoría, los ojos de ónice le miraban con recelo. Era un extraño; un enemigo, tal vez. Se hubiera sentido más cómodo peleando contra los ingleses que sentado ahí, esperando entrar al cuartucho de adobe para platicar de nuevo con el general Francisco Villa.

El agente evocó con un escalofrío neuronal las palabras de Villa en su último encuentro. La amenaza de fusilarlo si insistía en que se adhiriera al plan alemán... y sabía que Villa no hablaba en vano; muchos hombres habían muerto fusilados o los había matado por propia mano por menos que eso… y sobre aviso no hay engaño. Se enjugó la frente con mano temblorosa y el ya empapado y ennegrecido pañuelo que lo mismo recogía el sudor que el polvo que se pegaba encostrándose en la piel. La orden de sus superiores había sido terminante: o hablaba de nuevo con el general o se podía considerar un hombre muerto. Sin mucho campo para donde correr, eligió la primera opción, cuando menos así tendría una oportunidad. Sabía que desobedecer una orden directa conllevaba la pena de muerte, y ya puesto en esos términos…

El quejido de los oxidados goznes de una puerta pareció llamarlo. Un hombre salió del cuarto y parsimoniosamente se dirigió hacia él. Corpulento, empistolado, acompañado del tintineo de las espuelas al caminar; el sombrero texano de medio lado sombreaba una tez morena, mechones de negro cabello se deslizaban sobre su frente angosta.

Le miró a los ojos. Una descarga de electricidad aguijoneó la espalda del alemán; eran los ojos de la muerte. Hundidos, oscuros, con un brillo diabólico que le traspasaba el alma. Por un momento sintió que su corazón se detenía; como si la sola presencia de aquel hombre lo hubiera enviado ya al más espantoso y profundo averno. Sintió que el sudor se helaba sobre su piel.

—¿Pa' que buscas a mi general? —Retumbó en el espacio abierto la voz golpeada.

Sí, esa voz parecía provenir del mismísimo infierno. Con la boca seca el alemán hizo un esfuerzo para tragar; parecía que por su garganta solo hubiese pasado polvo y jamás saliva. Tenía que fingir, fingir un aplomo perdido en la vastedad del desierto. Solo entre aquellos forajidos armados, sabía que su vida valía menos que la de un perro en ese momento. Se puso de pie; dos montañas frente a frente. Por un instante sus miradas se fundieron, los vidriosos e inyectados ojos de aquel ente parecieron transportarlo a los fantasmagóricos dominios de Satán.

—Eso es algo que solo puedo tratar con el general —balbuceó disfrazando de valor su miedo.

Se sintió fulminado por la endemoniada mirada del hosco hombre que resopló como un toro embravecido.

—¿Venía armado? —preguntó a uno de los Dorados que lo vigilaban de cerca.

El aludido negó con la cabeza; ya lo habían revisado varias veces al llegar, estaba limpio. Haber llevado una pistola habría sido su sentencia de muerte. La seguridad de Villa era excelente.

La guardia personal del general, los llamados dorados, estaba formada por tropas elite; lo mejor de lo mejor. Ser un dorado era el más alto honor al que hombre alguno, mexicano claro, y partidario de Villa por supuesto, podía aspirar. El mote lo habían tomado de la pequeña placa dorada que lucían prendida a la camisa donde se leía; *Guardia personal del general Francisco Villa.* Excelentes jinetes; mejores tiradores con rifle y pistola y con un valor y una lealtad a toda prueba, eran la envidia de muchos hombres no solo en México sino en el mundo entero, pues su fama había ya traspasado fronteras.

Los impertinentes ojillos de Rodolfo Fierro se volvieron hacia el alemán; con un ademán de cabeza le indicó que lo siguiera.

La fama de Fierro como un matón desalmado era ya legendaria. Asesinaba prisioneros con su propia pistola hasta que se calentaba tanto que le quemaba la mano y tenía que cambiarla. En los combates parecía no conocer el miedo y siempre buscaba lo más aguerrido de la lucha para meterse en ella. Atrabancado, testarudo, era un perro asesino que no reconocía más voz que la de un amo: Pancho Villa.

En verdad, a Villa era al único a quien le guardaba absoluto respeto y obediencia; el único que podía acabar con la "diversión" del general Fierro: matar prisioneros a sangre fría. Solamente él podía meterlo en cintura.

La destartalada puerta de madera crujió al abrirse. En la penumbra interior el ambiente se encontraba sorprendentemente fresco. La mayoría de las construcciones en México, sobre todo las del área rural, eran construidas con adobes, un lodo moldeado con tierra y paja formando gruesos bloques que luego apilaban uno sobre otro hasta levantar, a veces, majestuosas construcciones. Los techos altos, de vigas de madera que soportaban una capa de tabletas de barro revestidas con más tierra, mantenían en el interior una temperatura agradable al funcionar como aislante natural, igual que el adobe.

El hombrón sentado a la destartalada mesa de carcomida madera a guisa de escritorio se atusó los bigotes al verlo entrar. El corazón del alemán se desbocó a medida que se aproximaba al afamado general.

Con un ademán de cabeza, Fierro le indicó que se sentara; la desvencijada silla se quejó al sentir el peso del extranjero. El silencio se volvió espeso, cortante, hiriente. Hubo un rápido intercambio de miradas entre Fierro y el general, como si se pudieran comunicar con los ojos. Era un entendimiento mudo, intrínseco; tan inusual como efectivo.

El alemán se sintió incómodo. Su español con marcado acento extranjero no podía competir contra aquel silencioso lenguaje.

El general se aclaró la garganta mientras sus ojos como dagas traspasaban el alma del recién llegado. Lo rodeaba un impresionante halo de respeto que hacía empequeñecer a cualquiera. Su grave voz desgarró la tensión:

—Así que, ¿pa' qué soy bueno, muchachito?

El alemán sintió que el aire de la habitación se volvía nada. Sabía que su vida pendía ahora de un hilo que se encontraba sujeto a las manos entrelazadas del general. Inundó sus pulmones buscando una valentía que no encontraba antes de responder:

—Señor General, traigo los saludos de mi Káiser.

Capítulo Nueve

Las labradas puertas de fina madera del despacho presidencial en Palacio Nacional se abrieron suavemente y dieron paso al secretario que, con la fragilidad de una bailarina de ballet, se acercó a Carranza.

—El General Obregón está aquí —le anunció casi en un susurro, como temiendo molestar.

Carranza levantó la vista de los papeles que leía en ese momento.

—Que pase —respondió con voz plana.

Las botas militares resonaron en la duela del lugar. El presidente, ya puesto de pie, observó a su visitante; ese una vez atlético y ahora un tanto rechoncho general no tenía nada de extraordinario. A Carranza le pareció que había ganado algo de peso desde la última vez que lo vio. La manga derecha del saco le colgaba flotando, conteniendo solo el fantasmal recuerdo del miembro que debería albergar. Obregón había perdido el brazo derecho por un cañonazo en Celaya, cuando peleaba contra Villa. Al verse mal herido tuvo la intención de quitarse la vida; con la mano que le quedaba tomó la pequeña pistola que llevaba al cinto, la colocó en su sien y apretó el gatillo. No hubo detonación; el capitán que le había limpiado y aceitado el arma el día anterior no había subido bala a la recámara. En un instante estuvo rodeado por sus asistentes que lo desarmaron y lo llevaron al hospital. Su recuperación, aunque mutilado de por vida, fue asombrosa.

—Señor Carranza —saludó extendiendo su mano izquierda.

—Señor General —contestó Carranza tomándola entre las suyas.

Los brillantes e inquietos ojillos de roedor de Obregón barrieron rápidamente el acartonado e inexpresivo rostro de Carranza. Tal parecía que la conexión entre los músculos faciales del presidente y sus emociones había sido amputada, como lo fue su brazo. Las largas barbas lo transformaban ante sus ojos en un gigante.

Con un ademán el presidente lo invitó a sentarse.

—Espero que su viaje haya sido placentero, general.

—Dentro de lo que cabe, señor, dentro de lo que cabe.

A través de los redondos espejuelos, los ojos de Carranza parecían querer traspasar la cabeza de Obregón y llegar hasta lo más íntimo de su cerebro, para conocer sus más secretos pensamientos. ¿Cuál sería la poderosa razón que lo había traído? Sabía que el general también tenía ambiciones políticas y aunque se había cuidado mucho de declararlas abiertamente, con la fama de que gozaba bien podría estar ambicionando la presidencia.

Por otra parte, la convención de jefes revolucionarios reunida para crear una nueva constitución debía ratificarlo a él en el poder dentro de poco y no creía que Obregón fuera a darle una sorpresa de último minuto. ¿Entonces?

—Y, ¿a qué debo el honor de su visita? —Preguntó con formalidad.

Obregón se llevó la mano izquierda al bigote y le retorció la punta hacia arriba, ademán reflejo al pensar.

—Señor presidente… - se detuvo abruptamente, ¿le pareció ver una sombra de sonrisa en el rostro de Carranza?

—Aún no soy presidente… oficialmente —acotó paternalmente Carranza.

Viejo lobo en estos menesteres, le había tirado un torito a Obregón para ver como reaccionaba.

—Para nosotros lo es —aseguró el manco de Celaya— porque se lo ha ganado. Solo falta que se lo pongan en un papel.

—Gracias, general —aceptó complacido ante la inteligente respuesta —¿decía usted?

Obregón se retrepó en su asiento. Sabía que había sido puesto a prueba de alguna forma.

—El asunto que me hizo venir es muy delicado y ya comprenderá usted que no se puede tratar de otra forma que en persona —explicó.

—La verdad no lo imagino —comentó Carranza casi para sí.

Obregón se aclaró la garganta, un tanto incómodo por el comentario del viejo.

—He tenido contacto... señor... Carranza —se corrigió antes de decir presidente— con enviados del Káiser de Alemania.

Don Venustiano sintió que la sangre se helaba en sus venas. Confirmaba de primera mano sus sospechas de que los alemanes se habían dirigido no solo a él como primer mandatario de la nación, sino a Obregón y quién sabe a cuantos generales más. Comprendió que la cosa iba más en serio que una simple invitación para apoyarlos; estaban decididos a emplear todos los medios para lograrlo.

—Sus emisarios —continuó Obregón— me dicen que le han entregado una invitación a usted para que México se una a ellos e interceda ante Japón para hacer lo mismo.

—En efecto —respondió secamente Carranza.

—Nuestro papel se limitaría a entretener a los americanos para evitar que entren en la contienda y a cambio de eso obtendríamos muchos beneficios.

—La propuesta está siendo analizada por un grupo de mis más cercanos colaboradores, general, y hasta el momento no he tenido una respuesta —respondió con parsimonia Don Venustiano— sin embargo, las cosas no son tan sencillas como parecen.

—¿Se refiere a las represalias que pudiera ejercer Estados Unidos contra nosotros?

—Ya ve usted lo que hicieron por lo de Columbus. ¡Prácticamente nos invadieron! —Contra su costumbre, casi grita.

—Y todo por culpa de Villa —comentó Obregón con lengua viperina

—Ese malparido —exclamó rencorosamente Carranza arrepintiéndose en el instante de haber dejado traslucir sus sentimientos.

Un espeso silencio invadió el recinto.

—¿Gusta un café? —Se salió por la tangente Carranza.

¿Para quitar el mal sabor de boca? Se preguntó Obregón para sus adentros mientras asentía con una sonrisa torcida.

El sonido de una campanilla inundó el recinto y como reflejo asomó la cabeza un ayudante.

—Dos cafés —solicitó impertérrito Don Venustiano.

En cuanto escuchó el metálico crujido de las chapas al cerrarse, Obregón tanteó el terreno:

—Pues los beneficios bien valen la pena el riesgo.

—Siendo vecinos de un país tan poderoso —replicó Carranza— no nos conviene estar distanciados de ellos, mucho menos ser sus enemigos. Este asunto debemos tratarlo con pinzas, señor general; un error a estas alturas nos puede costar, no solo acabar fusilados, sino terminar con la libertad en este país.

Obregón permaneció en silencio. Sabía que Carranza tenía razón; jugarían con fuego y el riesgo de quemarse era muy alto. Apoyar a los alemanes significaría arriesgar sus vidas en aras de una contienda ajena, sin embargo...

—Nuestro ejército está ahora muy bien preparado y creo que los norteamericanos lo pensarían dos veces antes de buscar una confrontación abierta, cuanto más sabiendo que al estar del lado de los alemanes, estos nos apoyarían si fuera necesario.

—¿Y en realidad lo harían, general? —La duda flotó pesadamente en el aire— Alemania está muy ocupada luchando su guerra, no creo que quieran distraer hombres y armas para apoyarnos acá.

—Tal vez no inmediatamente, señor —reconoció a regañadientes Obregón— pero al triunfar sobre Inglaterra en unos cuantos meses, estarían para ese momento en posibilidad de hacerlo.

—La cuestión entonces, general, sería si en realidad podemos resistir luchando contra Estados Unidos el tiempo suficiente para recibir el apoyo alemán.

El pestillo de la puerta chirrió, interrumpiendo momentáneamente la conversación. El café impregnó el ambiente con su penetrante aroma que tenía la mágica virtud de volver las conversaciones más amables; el vaporoso líquido llenó las tazas y junto a ellas descansaron sus inseparables complementos: crema, azúcar y no muy lejos la jarra con el resto del café. Carranza hizo un ademán sobre los ingredientes:

—Por favor, general —lo invitó a que se sirviera.

—Gracias, señor —contestó éste mientras hábilmente adicionaba con los ingredientes su café.

No se acostumbraba todavía a tener que realizar hasta la tarea más insignificante con su mano izquierda, aunque poco a poco había logrado una destreza que hasta a él mismo le sorprendía. Su recuperación física había sido asombrosa, pero el verse cada día frente al espejo como medio hombre le había afectado emocionalmente; ante el resto del mundo trataba de disimularlo, sin embargo. Un sordo rencor le corroía las entrañas contra el responsable de su irreparable pérdida: Villa; y había jurado ante su brazo cercenado que un día lo haría pagar muy caro. La lineal voz de Carranza lo trajo de nuevo al mundo real:

—¿Qué le parece general? —Preguntó después de que ambos les habían dado un sorbo a sus bebidas.

—Excelente, señor.

—Sí —comentó mientras se hipnotizaba con el oscuro líquido que lo saludaba humeante desde su taza— es café de Córdoba.

Obregón conocía ya la legendaria fama que tenía ese café, fuerte, aromático, con cuerpo, oriundo de la ciudad de Córdoba en el costeño estado de Veracruz, y por cuya ciudad, puerto y capital del mismo nombre habían puesto pies en polvorosa el dictador Porfirio Díaz y el usurpador Victoriano Huerta.

Por un fugaz momento congelado en el tiempo aquello pareció más una informal reunión de amigos, donde se sacan a la luz cosas intrascendentes y donde la vida se llena de toda vacuidad, que una junta de alto nivel para decidir el destino de un país.

—¿Puedo deducir entonces que usted aprueba la propuesta alemana, general —habló Carranza borrando de un tajo la ilusión— y que su consejo es aceptarla?

—La propuesta me parece, efectivamente, tentadora y me inclinaría por ella, aunque la decisión final es suya como jefe de gobierno.

Carranza llenó su boca con el dulzón sabor del café mientras los pensamientos cruzaban veloces por su mente: "Así que está a favor de la propuesta y si ganamos sabrían que él la apoyó en su momento, con lo que quedaría bien ante todos; y si perdemos el error sería solo mío pues yo tomé la decisión. Este generalito me está resultando más inteligente de lo que yo creía. Solo espero que no quiera pasarse de listo".

—El destino de este país no lo decide un solo hombre, general, al menos ya no —respondió haciendo clara referencia al largo mandato de Porfirio Díaz— la decisión final la tomarán mis generales y yo solo seré el portavoz de esta.

"Así que el viejo quiere zafarse de la responsabilidad delegándola en otros para tener un chivo expiatorio en caso de que la cosa salga mal" —razonó Obregón acercando delicadamente la vaporosa taza de café al escritorio.

—Solo permítame recordarle que el tiempo vuela, señor Carranza; y más para los alemanes, que esperan nuestra decisión para dar su siguiente paso.

—Lo entiendo perfectamente, señor general —respondió sin inmutarse Carranza— sin embargo, la decisión tomará el tiempo que sea más conveniente para nosotros.

—Si, por supuesto —convino el general comprendiendo que no había más que decir sobre el tema.

Los ojos de Villa refulgían de ira. El golpe seco sobre la mesa casi le saca el corazón por la boca al emisario alemán.

—¡Otra vez la burra al trigo! —Vociferó— ¿Pos qué no le dije lo que le iba a pasar si volvía otra vez con la misma cantaleta?

La de por sí blanca tez del alemán se volvió cerúlea. Con dificultad trataba de ocultar el temblor que hacía presa de su cuerpo tras una máscara de ecuanimidad. Sabía que su suerte estaba echada.

Una media sonrisa, tenebrosa, fúnebre, iluminó los labios de Fierro que había permanecido como un cancerbero recargado en el marco de la puerta. Instintivamente comenzó a acariciar la cacha de su pistola, anticipando la llegada del enfermizo y diabólico placer que la muerte le producía; porque conociendo a Villa como lo conocía él, la orden para fusilar al extranjero estaba a punto de estallar.

Villa observó al emisario por un instante que se convirtió en eternidad, en sus ojos de hielo se reflejaba el miedo. Trató de serenarse, no quería cometer una barbaridad de la que luego se pudiera arrepentir, sobre todo por tratarse de un enviado de otro gobierno. Fulminándolo con la mirada le preguntó:

—¿Por qué regresó si ya le había yo advertido lo que le pasaría?

La aterrorizada, espesa saliva del alemán se negaba a pasar por su garganta. Las palabras se desgajaron de su boca pesadamente:

—Mi gobierno no admite una negativa. Si no me presento me habrían matado.

—Y usted que dijo, muchachito, de que me maten ellos como a un cobarde, mejor me presento ante el general y moriré como un héroe, ¿no?

—General, yo...

—¡Ya no me diga nada! —Explotó de nuevo Villa— no vaya a ser que cumpla lo que dije y lo mande fusilar.

Fierro frunció el entrecejo al oír aquello y como fantasmal emisario de muerte se desplazó hasta colocarse tras la silla del alemán.

—A sus órdenes, mi general —dijo solícito.

Villa meditó unos instantes. No, no lo iba a matar; que se fuera con su gente pa' que vieran que Villa sabía respetar.

—Llévese a este muchachito de aquí —le dijo a Fierro— no lo quiero volver a ver.

—Sí, mi general —contestó con una macabra sonrisa y luego, pateando la silla, le gritó al alemán— ¡Vámonos!

Fierro sacó al infeliz a empellones y se dirigió con él hacia unas tapias.

—P-pero... mi caballo está allá – señaló nervioso el extranjero.

—No lo vas a necesitar —contestó Fierro con una voz más fría que el hielo mientras le daba un empellón.

—El general Villa dijo que me podía ir... —protestó.

—¡Yo sé lo que dijo mi general! —Rugió Fierro como fiera rabiosa.

Lo condujo hasta una barda de adobe y le ordenó que se parara ahí, con la cara hacia el muro. Como una sombra se colocó tras él echando lentamente mano a su pistola, saboreando con anticipación la agradable sensación que la muerte le producía. Era un placer comparable al que sentía cuando hacía el amor con su esposa, años atrás, antes de que la misma muerte se la arrebatara. La muerte, odiada enemiga que se llevó a su esposa a los pocos años de casados y que regresó luego por su hija de apenas unos meses de nacida.

La misma muerte que le destrozó el corazón con aquella dolorosa pérdida era ahora su viva fuente de placer.

Quitó el seguro de la Smith & Wesson pavonada que siempre llevaba completamente abastecida y con tiro en la recámara, lista para disparar, y acercó el cañón a la nuca del alemán. En medio del sofocante calor, el gélido aliento de la muerte le puso los pelos de punta al pobre diablo.

El extranjero ya temblaba sin control. Un involuntario charco comenzó a formarse a sus pies; el miedo aflojaba los esfínteres.

Fierro presionó el gatillo lento... muy lentamente, tratando de alargar hasta el infinito el placer del mortífero orgasmo. Aunado al encogimiento del dedo sobre el gatillo fue entrecerrando los ojos dejándose llevar por aquel enfermizo deleite. El estampido rebotó en el muro ensordeciéndolo por un momento. La bocanada escarlata escupida hacia el frente tomó un color magenta al chupar los resecos adobes la lluvia del vital líquido, mientras el cuerpo del alemán caía como un fardo a los pies de su ejecutor.

Rodolfo Fierro aspiró el perfume de la muerte en el aire caliente, caliente como el infierno a donde mandaba a los desdichados, mientras enfundaba el arma mecánicamente; ni siquiera volteó a mirar el inerte cuerpo que yacía en un palpitante charco de su propia sangre. Volvió sobre sus pasos hasta la improvisada oficina de Villa; no bien abrió la puerta lo atropelló la sorprendida voz:

—¿Qué fue eso Fierro?

—Sus órdenes han sido cumplidas, mi general —respondió sarcásticamente.

Los ojos de Villa se abrieron perplejos a medida que intuía lo sucedido.

—¿Mataste al muchachito? ¡Yo no te ordené que lo mataras! —Le reclamó tratando de contener la volcánica ira que le subía a la cabeza.

—Usted me ordenó que me lo llevara y que no lo quería volver a ver... pos no lo va a volver a ver —respondió cínicamente Fierro.

La noticia de la muerte de su emisario a manos de Villa cruzó con su vuelo fantasmal los peligrosos mares y atravesando jorobadas colinas y tupidos bosques llegó a oídos de Zimmermann. Evidentemente no tenían a Pancho Villa de su lado.

—¡Maldito bandolero! —Gritó— ¡Ese infeliz está dando al traste con nuestros planes!

El director de inteligencia se tragó sus comentarios Sabía que el tiempo se agotaba y que Zimmermann estaba en la cuerda floja; muy pronto lo llamaría el mismísimo Káiser para pedirle cuentas y, para como iban las cosas en México, seguramente solo daría malas noticias. ¡Cómo había cambiado el concepto que el ministro tenía de Villa desde la última reunión que tuvieron! Pasó de ser un gran estratega a un simple bandolero; pero sabía que todo esto era producto de la gran presión a la que se encontraba sometido. No era que Villa hubiese asesinado a su hombre lo que le molestaba, sino el hecho de que el general se negara a ayudarlos.

Zimmermann se desplomó en su asiento y quiso acabarse el aire tratando de calmarse. La noticia en verdad lo había sorprendido; tenía muchas esperanzas de que Villa recapacitara y finalmente los ayudara, pero esto marcaba perfectamente bien su posición.

—Algo tendremos que hacer con Villa —comentó con desgano.

El director enarcó una ceja al oler la amenaza.

—En su momento, claro —concretó— recuerde que la venganza es un platillo que se come frío.

Una esbozada sonrisa suavizó el rostro del director de inteligencia. La suerte de Villa estaba echada; tarde o temprano ajustarían cuentas con él.

Por ahora tendrían que seguir haciendo su juego con las piezas que quedaban.

El embajador de Alemania en México, Heinrich von Eckhart, hacía de tripas corazón en el despacho de la Secretaría de Guerra y Marina mientras esperaba la llegada del general Obregón. Sabía de la reunión que había tenido éste con Carranza y quería empaparse del resultado de primera mano y a la brevedad posible.

Obregón no era un general de escritorio; le gustaba supervisar las campañas personalmente y había acudido a la ciudad de México especialmente para interceder ante Carranza a favor de la propuesta alemana. Von Eckhart veía con agrado la simpatía que su causa había despertado en Obregón, convertido ahora en una de sus cartas fuertes después del violento rechazo de Villa.

Obregón entró en la oficina trasudando marcialidad militar; lucía una figura gallarda a pesar de la falta del brazo derecho. El embajador se levantó respetuosamente.

—Por favor, permanezca sentado —le indicó con cordialidad el general.

A diferencia de otros rudos norteños, Obregón tenía un trato amable y amistoso; raro en un militar y más en un general acostumbrado a que su palabra fuera ley. Pasados los saludos de rigor, el embajador quiso satisfacer su curiosidad:

—Y, ¿cómo le fue con el presidente, señor general?

Obregón jugueteó fugazmente con la punta de su bigote. Tenía que ser muy precavido y manejar el tema con diplomacia. No quería enemistarse con los alemanes; muy por el contrario, si los mantenía como aliados tal vez podrían serle útiles en el futuro.

—El... *señor* Carranza y yo tuvimos una plática bastante larga sobre el tema que nos ocupa, señor embajador.

Von Eckhart se arremolinó en el asiento azuzado por los nervios. Obregón era un oficial bastante cercano a Carranza y sin duda su opinión al respecto tendría un importante peso a la hora de evaluar la situación.

—Y... —lo invitó a continuar el embajador en medio de una silenciosa guerra de miradas.

—El señor Carranza está evaluando su propuesta; es decir, la ha pasado a manos de un grupo de generales de toda su confianza para su análisis.

—Grupo en el que se encuentra usted, por supuesto —le tiró un pial el alemán.

—Desgraciadamente no —la mente del general se nubló cuando el escabroso recuerdo se paseó por sus neuronas.

Los ojos del embajador parecían querer salirse de sus órbitas.

—Como usted sabe —explicó el general retomando la compostura— estaba yo al frente de una campaña militar cuando llegó la invitación que ustedes le hicieron y no creyó conveniente distraer mi atención de tan delicados asuntos en esos momentos.

El extranjero no tuvo más remedio que conceder. Le hubiera gustado que Obregón estuviera no solo dentro del ese grupo, sino al frente de él.

—Sin embargo —continuó el general recalcando sus palabras— le hice ver que el aceptar su propuesta traería grandes beneficios para nuestro país y que contaríamos con un amplio respaldo de su gobierno en todos los aspectos, ¿no es así?

—Por supuesto, general, por supuesto —convino zalameramente el otro.

—Por lo tanto, solo espera la respuesta de sus asesores para tomar una decisión.

—Entonces, ¿todavía no tenemos una respuesta? —Preguntó el embajador con un dejo de desilusión.

—Me temo que no.

La tensión enrareció el ambiente; Obregón deslizó la mirada por la cara del embajador. Su rostro dejaba traslucir las esperanzas que habían puesto en él. Lo consideraban un hombre fuerte dentro del gobierno mexicano, un hombre que podía influir en las decisiones más trascendentales y esto lo llenaba de orgullo. Necesitaba de alguna manera mantenerse como una pieza clave en este juego; tal vez con el apoyo alemán...

—Mañana me reuniré de nuevo con el señor Carranza —ofreció el general— y tocaré otra vez el tema.

Una amarillenta sonrisa se estampó en el rostro de Von Eckhart.

—Estoy haciendo todo lo posible por que su propuesta sea aceptada, señor embajador —concluyó.

Acostumbrado a madrugar, Obregón estuvo listo desde muy temprano. Bien bañado y rasurado, enfundado en su impecable uniforme militar, disfrutó de un opíparo desayuno antes de su reunión con Carranza. El límpido cielo azul lo acompañó en su recorrido hasta palacio nacional. Amaba la Ciudad de México, la ciudad de los palacios como había sido bautizada debido a la majestuosidad de sus edificaciones. Desde la primera vez que pisó su suelo, quedó impresionado por aquella belleza que lo envolvió como una hiedra; sí, fue amor a primera vista. Es que era tan diferente de lo que se podía encontrar en su norteño, desértico y caluroso estado natal, Sonora. Aquí se sentía como un príncipe, pero él quería ser rey; y para esto solo le faltaba destronar al rey viejo. Su bigote se torció en una sarcástica sonrisa al pensar que ahora mismo se dirigía a entrevistarse con el último obstáculo en su camino.

Los militares de guardia saludaron marcialmente mientras el auto penetraba con un suave ronroneo en los patios del palacio, frente al zócalo; era éste una explanada considerada como el centro de la ciudad, alrededor de la cual se edificaron los símbolos gubernamentales y religiosos, el Palacio Nacional y la Catedral de Nuestra Señora de Guadalupe, y que congregaba al pueblo cada noche los 15 de septiembre para celebrar la independencia de México del colonialismo español. Precisamente en el balcón principal del palacio nacional, el presidente en turno aparecía ondeando la bandera tricolor que lucía en el centro el escudo representado por un águila parada en un nopal, devorando una serpiente y gritaba vivas a los héroes de la independencia, Don Miguel Hidalgo, Ignacio Allende, Guadalupe Victoria, etc. vivas que eran coreadas por la muchedumbre, luego de lo cual se disparaban arañas de fuego que incendiaban el negro manto del cielo con mil colores, y al día siguiente se realizaba un desfile militar.

La reunión fue muy concreta: informe de parte de la campaña militar que comandaba Obregón en el norte para apaciguar a los revoltosos que se negaban a reconocer a Carranza como primer jefe de la nación, intercambio de pareceres con relación a algunos altos mandos, hasta que llegaron finalmente al tema que personalmente más interesaba a Obregón, el apoyo a Alemania.

—Precisamente mi siguiente reunión es con el grupo de generales encargados del análisis de la propuesta —le confió Carranza

Instintivamente Obregón intentó llevar su mano derecha al pecho para tranquilizar el desbocado arranque de su corazón, cuando lo golpeó el recuerdo como un mazazo de que ya no tenía brazo derecho que levantar.

—Y como secretario de Guerra y Marina me gustaría que estuviera usted presente para que se entere de primera intención sobre el resultado —concluyó Carranza sin dejar de aguijonearlo con la mirada.

—A sus órdenes —respondió con marcialidad el militar.

Capítulo Diez

El embajador alemán entró con premura al Castillo de Chapultepec. El encapotado cielo matinal que gris lloraba incipientemente lo hizo viajar con su mente por un instante hasta su querida patria. Le hubiera gustado volver ahí y dejar de una vez por todas este extraño país tan lleno de contradicciones.

El mensaje recibido la tarde anterior para que se presentara ante Carranza a primera hora del día solo podía significar que ya tenían una decisión sobre la propuesta.

Aquella fue la peor noche de su vida; revolcándose en la cama sin poder conciliar el sueño, los pasos del guardián del tiempo retumbaban en el silencio con insoportable lentitud entre suposiciones y febriles desvaríos. Un instante se veía apretando fuertemente la mano de Carranza y felicitándose mutuamente por haber aceptado el trato y al siguiente se veía saliendo demudado del despacho luego de haber sido rechazado. En sus locas fantasías apreciaba a su país vencedor de la contienda europea gracias al apoyo mexicano para luego mirarlo derrotado y triste al negar Carranza su participación.

A pesar de haber bebido un té para los nervios antes de salir para el castillo, al momento de su llegada percibía el martilleo de su corazón en el yunque de sus oídos. El fresco ambiente matinal en que todo se pintaba de bronce con el nacimiento del sol no fue suficiente para secar las gotas de sudor que incómodas resbalaban desde su cabeza.

Sus apresurados pasos y el hecho de ser ya esperado pronto lo tuvieron en la antesala de la oficina presidencial. Inútilmente trató de disimular el incómodo retemblar de sus manos cuando la hermosa puerta de madera labrada se abrió y lo hicieron pasar.

Como una enorme estatua de triste figura, Carranza se encontraba parado cuan largo era tras el escritorio, esperándolo. El saludo fue breve y el apretón de manos fugaz. El mullido sillón donde tomó asiento le pareció al embajador más bien una silla de clavos; lo consumía la impaciencia. La voz de Carranza salió de su rostro de piedra más bien baja y gutural, o al menos así le pareció al embajador:

—He conversado con mis generales —dijo— y tenemos ya una respuesta a su propuesta.

La saliva se negaba rotundamente a pasar por la reseca y arenosa garganta de von Eckhart, obligándolo a aclarársela con una nerviosa tos.

—Antes quiero decirle —continuó Carranza impávido— que se han analizado los pros y los contras de todas las partes involucradas y muy especialmente en lo que a México se refiere.

El embajador sentía el fresco ambiente de la habitación como si estuviera inmerso en un sofocante baño de vapor.

Gruesas gotas de sudor lo traicionaron resbalando por su frente obligándolo a echar mano de su pañuelo nuevamente, como hiciera momentos antes de entrar. Sus ojos se abrieron expectantes. El porvenir de toda una nación pendía ahora de tan solo una palabra: sí, o no.

—Considerando —la voz de Carranza lo sobresaltó— la situación política internacional, pero sobre todo la situación política al interior de mi país, conflicto entre facciones, falta de unificación y el poder bélico de Estados Unidos, he decidido...

El corazón del embajador le dio un vuelco dentro del pecho, había llegado el momento crucial.

—No aceptar la propuesta de su país.

Como si una bomba hubiera estallado muy cerca de von Eckhart todos los sonidos circundantes se desvanecieron; lo único que escuchaba era un fuerte pitido. Podía ver los labios de Carranza moviéndose en su adusto rostro, pero no oía una sola palabra. Lo miró como alelado hasta que los labios se detuvieron. Extendió una quebradiza mano hacia el presidente y salió de ahí tratando de guardar la compostura.

Apenas subir al coche sus músculos se negaron a moverlo más.

—A la Secretaría de Guerra y Marina —balbuceó a su chofer.

Obregón anticipó la visita, ¡por supuesto! Tras el resultado de la reunión el día anterior con Carranza y sus generales era lo menos que esperaría. No podía dejar de reconocer que el estudio de la propuesta alemana había sido muy completo, todos los puntos cortados con cirujana precisión. El mayor obstáculo para su aceptación era Villa, ¡ese maldito Villa! Seguía siendo una piedra en el zapato. Tan amigo de los gringos a pesar de la expedición punitiva, no congeniaba con los planes del impero alemán y debido a su gran influencia en el norte del país podría reaccionar como gato encerrado en caso de apoyar a los teutones. Carranza no le temía, pero lo respetaba, y a Carranza le gustaba jugar siempre a lo seguro, aunque en lo más seguro hay riesgo. La decidida intervención del general Obregón a favor del plan alemán fue rápidamente despedazada por Carranza; que si Obregón pudiera acabar fácilmente con Villa como lo demostró en Celaya... "sí, pero recuerde que le costó un brazo y ahora peleando en sus terrenos... si los gringos no pudieron verle ni el polvo..." Que si pudieran neutralizarlo el tiempo suficiente para que Alemania ganara en Europa... "sí, y que tal si se une a los gringos para invadirnos y toma el país antes". Para cada intervención de Obregón, Carranza tenía la respuesta adecuada, contundente; parecía como si hubiera estudiado cada punto con antelación. Evidentemente había hecho su tarea.

Ante la decisión tomada por Carranza y el apoyo decidido de sus generales poco le quedaba por hacer al manco de Celaya. Había sido el único en aquel lugar que intercedía por Alemania y se sintió como un zorro rodeado por lebreles.

Obregón tenía muy claro que su manera de pensar divergía de la del presidente y comprendía que para satisfacer sus deseos de poder debía eliminar a Carranza; sin embargo, aún tenía que andar con pies de plomo, un golpe de estado en esos momentos no era lo más conveniente. Tenía que esperar a que las aguas tomaran su rumbo y entonces... independientemente del resultado de la guerra en Europa, él debía asegurarse de que Alemania lo apoyara cuando llegara el momento. Tenía que armarse de paciencia y, como en sus batallas, planear muy bien su estrategia.

La presencia del embajador de Alemania fue anunciada y fue recibido sin más preámbulos. El semblante de Von Eckhart era cadavérico, cerúleo, nada que ver con el hombre que había visto un par de días antes. Evidentemente aún venía impactado con la noticia.

Luego de un vaporoso saludo, el embajador se desmadejó en la silla frente al escritorio del general; lucía devastado.

—No lo puedo creer —susurró.

—Lo lamento mucho, señor embajador —la compasiva voz de Obregón llegó como un bálsamo— hice todo lo que pude para apoyar su plan, pero parece que Carranza ya tenía todo bien orquestado.

—Debo comunicar la decisión del gobierno de México a mi país de inmediato —respondió tratando de recobrar la compostura— pero antes quise hablar con usted para saber en qué términos quedamos.

Obregón se aliso el bigote con su única mano; tenía enfrente la oportunidad para enganchar la ayuda alemana para sus planes. Midió muy bien sus palabras:

—Usted sabe que si yo estuviera en la presidencia la decisión hubiera sido otra; ni siquiera tendría que haberlo consultado. Desgraciadamente no es así.

El embajador asintió en silencio.

—El mayor obstáculo para aceptar su propuesta fue Villa... y por supuesto Carranza. Por ahora ya nada se puede hacer; solo espero que, en el futuro, con su apoyo, podamos "eliminar" esos obstáculos para beneplácito de ambas partes.

Obregón estudió detenidamente el rostro del embajador buscando un indicio de entendimiento. El brillo en los ojos de Von Eckhart le indicó que lo seguía.

—Estoy seguro de que el imperio alemán que represento sabrá aquilatar el valor de su ayuda, general, y actuar en consecuencia.

Una fugaz sonrisa de satisfacción se esbozó tras el bien recortado bigote de Obregón. El compromiso estaba hecho.

Arthur Zimmermann veía sin mirar el comunicado del embajador en México; la noticia le había dado la puntilla a su esperanza. Por lo que sabía los norteamericanos no tardarían mucho en entrar a apoyar a Inglaterra y entonces la diosa fortuna en la Gran Guerra les daría la espalda. Un amargo suspiro de resignación se le escapo involuntariamente diluyéndose en el opresor silencio del despacho.

Según manifestaba von Eckhart, en Obregón tenían a su mejor aliado, pero tratar de derrocar a Carranza en ese momento no era lo más viable pues la lucha interna se podría prolongar en México y no beneficiaría en nada al imperio. Por ahora solo les quedaría esperar y en su momento vengarse de aquellos que les negaron el apoyo. Zimmermann estaba de acuerdo; seguramente el imperio alemán sucumbiría muy pronto ante la bota del gigante norteamericano, pero él sabría castigar en su momento a quienes propiciaran su caída. Tomó una hoja de papel y comenzó a plasmar con letras de sangre un memorando para enviarlo a la Ciudad de México; debía dejar todo preparado en aquel país antes de cerrar ese capítulo y entregar su destino a Europa.

Ciudad de México

1919

El embajador de Alemania en México, von Eckhart, había permanecido en funciones aún después de la rendición de su país en la Gran Guerra a finales del año anterior. La negativa de México, específicamente de Carranza, de apoyarlos contribuyó con lo suyo al fatal desenlace. Un poco antes había recibido en la embajada un comunicado secreto de Zimmermann con instrucciones para seguirse solo en caso de que perdieran la guerra. La red de espionaje que habían tejido en México se mantenía intacta y lista para cumplir órdenes.

Para este momento se perfilaba ya la lucha entre Obregón y Carranza. El primero había lanzado su candidatura para la presidencia, mientras que Carranza proponía a Ignacio Bonillas.

La reunión a puertas cerradas entre Obregón y von Eckhart se desarrollaba en un ambiente de cordialidad casi festivo:

—Lo felicito por su decisión, general. Como le dije en alguna ocasión, creo que tiene usted los méritos para ser un buen presidente— comentó zalameramente el embajador. La diplomacia se le daba bastante bien.

Obregón estudió por un momento los afilados rasgos de su interlocutor, difuminados tras la delgada cortina de humo que salía de sus labios. Como buen deportista, al general no le agradaba mucho el olor del tabaco y reprimió un gesto de disgusto. Conocedor de la gente, sabía que a las moscas se les atrae con miel, no con hiel.

—Gracias, señor embajador —contestó forzando una sonrisa— y sí, recuerdo su comentario.

—Sin embargo, el señor Carranza parece no verlo con muy buenos ojos pues apoya a un rival —soltó venenosamente Von Eckhart.

—El señor Carranza y yo siempre hemos tenido divergencias, solo que antes no se lo demostraba —sonrió con ironía— las cosas han cambiado, sin embargo.

—Me alegro por usted, general. Precisamente el motivo de mi visita es hacerle saber que cuenta con todo nuestro apoyo. Fue usted el único que estuvo con nosotros cuando lo necesitamos y, aunque las cosas no salieron como esperábamos, tenemos una especie de deuda de gratitud con usted.

Obregón se entusiasmó para sus adentros; ese era el as bajo la manga que esperaba, y ni siquiera había tenido que pedirlo, había venido solo. Con el apoyo germano se ampliaba su abanico de posibilidades. Ahora comenzaría a recoger los frutos de lo sembrado.

—Y, ¿cómo podríamos traducir las intenciones en hechos? —Inquirió el general.

El embajador se inclinó hacia delante como un ave carroñera a punto de dar un picotazo y contestó bajando la voz para darle un tono confidencial:

—Bueno, tenemos muchos conocidos dentro de los partidos políticos que estarían dispuestos a apoyar su candidatura —esbozó una sonrisa de complicidad.

—¿De qué partidos estamos hablando? —Quiso asegurarse Obregón.

—Digamos que el Partido Liberal Constitucional y el Partido Laborista estarían con usted.

Sus miradas se engancharon como si quisieran beberse mutuamente sus pensamientos, descubrir sus intrincadas intenciones. Obregón sabía que el Partido Progresista se había inclinado hacia el otro lado. "Dos de tres no está mal", recapacitó.

—Podemos financiar algunas marchas y demostraciones de adhesión —agregó von Eckhart.

—Excelente —contestó el general con satisfacción. "Sencillamente excelente" —pensó.

1920

El general Obregón contaba entre sus más cercanos amigos y colaboradores con Plutarco Elías Calles, quien se desempeñaba en el gabinete carrancista, y Adolfo De la Huerta, a la sazón gobernador del estado de Sonora. Ya había buscado su complicidad en cuanto a sus intenciones políticas y ambos lo apoyaban sin restricciones. Obregón siempre se había caracterizado por seleccionar a sus más allegados entre aquellos que le fueran tan fieles como un perro. En la política, como en la vida, todo se lograba basándose en relaciones.

El embajador alemán había cumplido su promesa de apoyarlo y se habían organizado mítines y marchas por parte de los dos partidos que lo postulaban para la presidencia, cosa que no había sido bien vista por Carranza; el viejo carcamán se negaba a dar su brazo a torcer y ahora le era francamente hostil. De hecho, el fósil político de la era de Díaz era el único obstáculo que lo separaba del poder... pero no por mucho tiempo.

Obregón podía oler que el momento de la verdad estaba cerca. Ya no era posible esperar a que Carranza dejara el poder; habiendo llegado a los límites del entendimiento no le quedaba otra opción que arrebatárselo. Pero necesitaba crear primero una distracción, algo que le quitara los ojos de Carranza de encima el tiempo suficiente para poder hacer sus movimientos. Como en una partida de ajedrez, ya vislumbraba el jaque mate al rey, pero tenía que ser sumamente cuidadoso en cada jugada pues de ello dependería su triunfo en la partida.

Como primer paso decidió cristalizar la tensión que provocaba en Carranza su amistad con el gobernador de Sonora, De la Huerta. Éste estuvo de acuerdo en apoyarlo para quitar al carcamán de en medio y se declaró en rebelión, momento que aprovechó Obregón para buscar un lugar seguro y escapar de la ciudad de México hacia Chilpancingo, Guerrero, no sin antes jugar otra de sus cartas fuertes, Calles, a quién pidió que renunciara como ministro en el gabinete carrancista y asumiera el mando de las fuerzas para luchar por su campaña presidencial. Y Calles, acostumbrado a obedecerle, le obedeció. Poco después alcanzaba a su mentor en Chilpancingo.

—¿Cómo dejó las cosas en la capital? —Interrogó Obregón.

—Todo listo para lo que se sirva usted ordenar, mi general —respondió lambisconamente Calles.

—Bien, ha llegado el momento de hacerle saber al viejo que sus días de gloria han tocado a su fin.

Ahí mismo Calles firmó un manifiesto en el que señalaba a Carranza como culpable de la situación del país y se ponía desde luego a las órdenes del rebelde De la Huerta. Eso pondría en evidencia la escisión del gobierno y enviaba un claro mensaje al primer mandatario de que se estaba quedando solo.

Lo único que me faltaba —pensó Carranza al leer el parte de la defección del general Calles.

Calles era servil, pero también ambicioso. Ya lo veía venir, aunque pensó que el general no tendría los pantalones para abandonar el puesto que ya había asegurado en el gobierno para jugársela por su amigo Obregón. Muy tarde se daba cuenta de su error.

Sintió bajo su cuerpo la silla presidencial y un escalofrío se deslizó por su espalda cuando el pensamiento de perderla se le vino encima. Se quitó los espejuelos y se restregó los ojos y el puente de la nariz con los dedos presa de un súbito cansancio. Estaba cansado; si, cansado de pelear contra los hombres, contra las ideas; cansado de luchar contracorriente en esa maraña de disputas y traiciones y por un instante se preguntó si en realidad esa silla valdría la pena. Era una silla maldita que trastornaba la mente de los hombres; como a la mala mujer, todos la deseaban y pretendían arrebatársela a su dueño a costa de lo que fuera. Y después de él vendría otro y ¿cuántos más? El desgano lo invadió con la corazonada de que lo peor estaba aún por venir; se montó nuevamente los anteojos y releyó el parte, aquello parecía ser tan solo el principio.

Días después sus sospechas se vieron confirmadas cuando el secretario de gobernación, Manuel Aguirre Berlanga, le informó que el grupo de Adolfo de la Huerta, comandado ahora por Obregón y respaldado por Calles y otros generales habían lanzado el llamado Plan de Agua Prieta, en la ciudad del mismo nombre en Sonora, con la finalidad de quitarle la presidencia y nombrar un presidente interino hasta la realización de nuevas elecciones.

Carranza se negó terminantemente a negociar con el grupo y mucho menos a dimitir; no era hombre que tomara decisiones por presión, ni aún a riesgo de su propia vida. Los buitres se vislumbraban en el horizonte.

Las manifestaciones corrieron como reguero de pólvora por todo el país en decidido apoyo al Plan de Agua Prieta. Más de tres cuartas partes del ejército dio la espalda a Carranza y se pasó al bando de los sublevados. Para el grupo de sonorenses aquello pintaba mejor de lo que habían imaginado.

Enterado Obregón de la negativa de Carranza de aceptar el contenido del Plan, ordenó movilizar todas las fuerzas hacia el centro; si el viejo no se iba por las buenas se iría por las malas. Obregón era un hombre muy paciente, pero su paciencia tenía un límite; había llegado el momento soñado durante tanto tiempo.

El embajador von Eckhart había puesto al servicio de Obregón la inmensa red de espionaje alemana en México, por lo que el general estaba enterado hasta del más mínimo movimiento de Carranza; y movimiento era lo que había en la capital, cada vez más movimiento. Carranza ponía pies en polvorosa. Los últimos cables a Obregón avisaban que el presidente, ante la inminente llegada del caudillo con todo su ejército, había decidido mudar el gobierno a Veracruz. Estaba cargando todo en trenes, y todo era todo; tal pareciera que no quería dejar botín de guerra: documentos, archivos, hasta los muebles acomodaban en la numerosa caravana. Estaban listos y cargados ya sesenta trenes para iniciar la procesión.

—El viejo abandona la ciudad —comentó Obregón con el último cable urgente que le había llegado en la mano— y tal parece que quisiera llevarse el país con él.

—No vamos a llegar, mi general —respondió calles con rostro patibulario.

—No, no lo vamos a alcanzar —confirmó Obregón— pero debemos evitar a toda costa que llegue a Veracruz. ¿Cuál es el punto más cercano a la ciudad de México donde tenemos gente nuestra?

—Hay un destacamento leal en la Villa de Guadalupe.

—Y por ahí deben pasar. Ordene inmediatamente que ataquen el convoy.

La reducida fuerza comandada por el General Francisco de P. Mariel y los pocos efectivos del Colegio Militar leales a Carranza a duras penas repelieron el ataque a los trenes. Ese era tan solo un botón de muestra de lo que les esperaba en adelante. Avanzar a toda máquina había sido la orden del presidente, pero con el peso excesivo que cargaban en realidad se movían a vuelta de rueda; blanco fácil para el ataque.

El calvario continuó con combates continuos contra los insurrectos aferrados a impedirles el paso. En la estación de Aljibes, Puebla, se trabaron en un duro tiroteo y fue imposible seguir el camino, pues los rebeldes levantaron la vía.

Carranza se reunió en su vagón con sus más allegados colaboradores; debían decidir qué hacer, ya no podían seguir adelante en los trenes. El rostro impasible del presidente imprimía un aire de tranquilidad en aquel caótico ambiente; tal parecía que era el único que guardaba la calma. En ese momento recibieron la noticia de que el general Guadalupe

Sánchez, jefe de la Guarnición de Veracruz y quién le esperaba para darle protección, se había unido a los sublevados.

—Por lo pronto debemos abandonar los trenes y movilizarnos a caballo —instruyó con voz pausada el presidente— y nuestro objetivo ya no será Veracruz. Me gustaría llegar a Coahuila donde tengo amigos y colaboradores.

—¿Y la carga, señor presidente? —Preguntó uno.

—Todo se queda —respondió con un aire de tristeza— no podemos hacer otra cosa.

Bajo la nueva perspectiva, Carranza liberó de responsabilidades a su equipo; el que quisiera seguirle bien podría hacerlo, el que no, podría buscar su salvación como mejor le pareciera. Algunos se despidieron el él allí mismo; los menos le acompañarían.

Los caballos piafaban al verse liberados de su encierro en los vagones y se movían nerviosamente como anticipando la larga caminata; con apenas la vida a cuestas los carrancistas iniciaron la penosa marcha a través de la serranía. Iban protegidos por un pequeño contingente, pues el general

Francisco L. Urquizo ordenó al resto de la escolta y a los miembros del colegio militar que se quedaran para proteger la retirada.

A pesar de las traiciones Carranza creyó contar con las fuerzas del cacique serrano Rodolfo Herrero que recientemente se había acogido a la amnistía que el gobierno había ofrecido a los insurrectos. El presidente le envió un mensaje para que se encontrara con la caravana en el pueblo de Tlaxcalantongo, Puebla y con sus fuerzas salvaguardar su integridad y la de sus seguidores.

—¡Detuvieron el convoy! —Comentó Calles jubiloso luego de leer un parte urgente.

Obregón lo interrogó con la mirada; por un momento la emoción hizo que las palabras se agolparan en su garganta impidiéndole hablar.

—Fue en la estación de Aljibes, Puebla —remató Calles— levantaron la vía y ya no pudieron continuar.

—¿Apresaron a Carranza? —Preguntó Obregón con trémula voz.

—No, mi general —contestó Calles releyendo el mensaje— sus fuerzas rechazaron el ataque, pero se han visto forzados a seguir a lomo de caballo dejando todo atrás. Tan solo el viejo y unos cuantos seguidores, los demás se dispersaron.

Obregón se quedó pensando. Seguramente ya no irían hacia Veracruz pues la plaza estaba en manos insurgentes. El viejo se había quedado prácticamente solo, ahora era el momento de dar el jaque mate al rey. Tendría que echar mano de quién se estaba convirtiendo en un excelente aliado: el embajador alemán von Eckhart. Había llegado el momento de cosechar lo sembrado.

Capítulo Once

Von Eckhart respondió al llamado de Obregón con presteza. Su red de espionaje le mantenía constantemente informado de la situación y sabía que el presidente se encontraba en una isla rodeada de tiburones, tan solo le quedaba la protección que pudiera brindarle Herrero y, viendo cómo este hombre tiraba hacia donde soplaba el viento, no sería difícil convencerlo de que se quitara de en medio. Un buen montón de pesos contantes y sonantes comprarían cualquier conciencia; ya sin protección, un grupo pequeño se podría encargar del resto.

El espía alemán, con claras instrucciones del embajador, avanzaba lentamente por la serranía al frente un pequeño grupo de hombres contratados personalmente por él. El hilo de humo blanco que se elevaba entre la maleza le indicó que había un campamento próximo. El ruido de las armas al cortar cartucho fue un claro aviso de que habían sido vistos por quienes en ese momento disfrutaban del rancho. Detuvieron su marcha con las manos a la vista; el espía alemán levantó la voz:

—¿Rodolfo Herrero? —Preguntó.

—¿Quién lo busca? —Quiso saber uno de los que le apuntaban con el rifle.

—Alguien que viene a proponerle un jugoso negocio —tiró el pial el espía.

Con una seña le indicaron que desmontara y se acercara. Un empistolado se le aproximó y lo manoseó en busca de armas; estaba limpio. Lo invitaron asentarse junto a la fogata donde un hombre continuaba comiendo mientras los demás se mantenían vigilantes con las armas prestas.

Herrero escuchó con atención la propuesta del extranjero. Se trataba de mucho dinero y no tendría que hacer prácticamente nada: presentarse ante Carranza, reafirmarle la seguridad de su protección y luego dejarlo solo. Eso era todo; excelente negocio. Una sonrisa socarrona descubrió los amarillentos dientes de mazorca del cacique.

A un ademán de su jefe los hombres bajaron las armas; el trato estaba cerrado.

El pequeño grupo de cansados hombres se aproximó al caserío. Había oscurecido temprano pues negras y bajas nubes, presagiando tormenta, encapotaron el cielo; el viento soplaba frío como un hálito de muerte. Habían llegado a Tlaxcalantongo, un grupo de jacales de flaca madera con techos de paja perdido en la inmensidad de la sierra; ahí se encontraron con los jinetes de Herrero quién desde luego se puso a las órdenes del primer jefe asegurándole su protección. La sorda voz del trueno les indicó que pronto el cielo comenzaría a llorar. Pidieron posada para el presidente y les ofrecieron algunas de aquellas chozas para él y su comitiva.

Carranza se instaló en la primera que tuvo a la mano junto con algunos de sus hombres. La construcción constaba de un solo cuarto que hacía las veces de recámara, comedor y cocina; un par de catres, una rústica mesa de madera y cuatro sillas conformaban todo el mobiliario; más allá un metate y una hoguera remedaban la cocina. Carranza se preguntó cómo podían sobrevivir aquellos infelices habitantes en tan precarias condiciones. Un par de cabos de vela de mortecina luz separaban el interior del jacal de la total oscuridad de afuera.

No bien se habían acomodado se presentó de nuevo Herrero para solicitar permiso para retirarse unos momentos pues, según dijo, su hermano había sido herido cerca de ahí y quería ir a verlo. Carranza no se opuso y se prepararon para pasar la noche.

Herrero y su grupo avanzaron atravesando la oscuridad hasta llegar al punto convenido con el espía alemán para su encuentro; casi chocaron de manos a boca con los jinetes que como fantasmales espectros los esperaban. Herrero le comunicó al espía puntualmente la ubicación de la choza en que se encontraba Carranza, pero esa información no era suficiente, el alemán quería saber en qué parte del jacal se encontraba el presidente. Herrero tuvo que enviar de regreso a uno de sus hombres para que, bajo pretexto de informar que el camino estaba despejado, reconociera el lugar y ubicara la posición exacta del viejo.

Cerca de la media noche el indio tocó en la casucha armado con una antorcha. Al abrirse la puerta repitió el mensaje de Herrero, echando furtivas miradas al interior súbitamente mejor iluminado con la llama que portaba. De inmediato notó la presencia del primer jefe recostado en un camastro en la esquina al fondo de la puerta y tomó buena nota mental del hecho; cumplido su cometido, se retiró.

—Ahora sí podré dormir —comentó el presidente aliviado por la información recibida.

Apagó la vela que tenía cerca dejando el interior como boca de lobo. Vencidos por el cansancio de la huida, poco después todos dormían profundamente.

Nadie escuchó las primeras gotas de agua que tímidamente tocaban en el techo, ni se dieron cuenta que poco a poco la tormenta arreciaba.

Escudados por el ruido de la lluvia, el grupo de hombres enviados por el espía alemán se arrastraron cual serpientes hasta colocarse en la parte posterior del jacal señalado por el indio.

Una cerrada descarga de fusilería acompañada de los más diversos improperios, vivas a Obregón y muertes a Carranza desgarró el sueño de los inquilinos. Dos de los hombres de Carranza se levantaron pistola en mano y corrieron a la puerta; al asomarse, notaron extrañados que no había nadie afuera, todos los disparos parecían provenir de la parte trasera. A sus espaldas escucharon el desgarrador grito del presidente:

—¡Me rompieron una pierna!

Luego retumbaron dos disparos tan fuertes que parecieron provenir del interior mismo de la choza. La voz del presidente se apagó convirtiéndose en un estertor mortal; con un fuerte ronquido la muerte arrancaba la vida de aquel pecho herido.

Las armas callaron inundando el lugar con un silencio patibulario en medio de aquella noche infernal.

—¡Carranza murió!

Obregón se sobresaltó con la noticia. Miró con incredulidad a Calles que aún agitaba el mensaje en su mano.

—Los hombres de Von Eckhart quisieron asustarlos y dispararon contra la choza en que se encontraba —continuó— era de madera endeble y las balas pasaron como cuchillo caliente en mantequilla matando al instante al viejo.

—Ni modo —respondió Obregón— que le vamos a hacer.

—Servido, general —la voz del embajador von Eckhart apareció tras su amarillenta sonrisa.

Obregón sonrió con complicidad. Un trago a la humeante taza de café pareció volverlo a la realidad, una muy satisfactoria realidad. Había logrado quitar de en medio al último obstáculo, Carranza. Pronto habría elecciones y sin el viejo entrometiéndose su triunfo estaba prácticamente asegurado.

—¿Algo le preocupa todavía, general? —Inquirió el embajador leyendo el adusto rostro de Obregón desde atrás de la humeante y olorosa taza que estaba por llevarse a los labios.

—Es usted muy perspicaz, señor embajador —respondió con un brillo en los ojos— sí, se trata de Villa. Ese cuatrero todavía tiene una cuenta pendiente conmigo —dijo, recalcando sus palabras con un leve movimiento del muñón de su brazo derecho.

—Y ¿está pensando en cobrarla ahora? —Preguntó el diplomático alemán con su duro acento poniendo palabras a su mirada inquisitiva.

—En cuanto sea presidente —confirmó Obregón.

—Tiempo al tiempo, general.

Esta vez la mirada de interrogación la lanzó Obregón.

—Dos enemigos suyos desaparecidos violentamente en un corto período soltarían la lengua del populacho; y eso para un presidente recién elegido no es bueno, general —recalcó el extranjero.

Obregón asintió en silencio; el embajador sabía de política, no había duda. Estaba claro que Pancho Villa era aún más peligroso que Carranza. Debía tener mucho cuidado; si hasta ahora las cosas le habían salido bien, en adelante debía moverse con mucho más tiento.

Obregón habló con su amigo De la Huerta, quién había sido nombrado presidente provisional, y le explicó su plan. Villa era muy querido en el norte y podía movilizar mucha gente; lo primero era quitarlo de la escena pública. De la Huerta estuvo de acuerdo y procedieron.

Se concertó una entrevista entre el general Ignacio Enríquez, enviado gubernamental, y Villa. El objetivo era que Villa reconociera al nuevo gobierno y a cambio se le ofrecía una amnistía, que entre otras cosas incluía una gran hacienda llamada Canutillo, localizada en los límites de Durango y Chihuahua muy cerca de Parral, para que desmovilizara a su ejército y se asentara en ese lugar.

Villa pidió se le concediera una escolta permanente, pagada por el gobierno, compuesta por sus fieles dorados; también una liquidación en efectivo para sus hombres de acuerdo con el rango militar alcanzado y tierras para que las utilizaran. En una estira y afloja de peticiones y concesiones llegaron finalmente a un acuerdo y se firmaron los Convenios de Sabinas. Oficialmente Villa se retiraba de las armas para dedicarse por completo a la vida civil.

Obregón se había quitado por fin esa piedra del zapato, pero aún no se sacaba la espina que traía clavada desde la batalla de Celaya, eso vendría más tarde.

En las elecciones celebradas Obregón triunfó por amplio margen. Por fin era presidente.

Epílogo

1923

Seis meses tenían acechando a Villa más estrechamente. La intrincada red de espionaje alemán al servicio de Obregón a través del embajador von Eckhart había redoblado la vigilancia. El manco de Celaya había sido paciente y había aprovechado el tiempo armando un plan para cobrarse la cuenta pendiente con Villa y al mismo tiempo quitarlo de en medio para siempre y para eso se apoyaba en la colaboración de von Eckhart.

Obregón sabía que la debilidad de Villa eran las mujeres así que decidió utilizar ese punto en su favor. Oficialmente Villa estaba casado con María de la Luz Corral, pero tenía mujeres por todos lados, especialmente en Parral a donde acudía a visitarlas periódicamente. El plan elaborado en conjunto con la inteligencia alemana en México después de un concienzudo seguimiento de los hábitos del general consistía en cazarlo cuando fuera a ver a alguna de sus amantes. Trazaron las rutas que seguía para llegar a ver a las que tenía en Parral. Regularmente salía temprano por la mañana en su auto, con una escolta que viajaba en el mismo; siempre tomaba las mismas calles.

El día del atentado la guarnición militar asentada en Parral sería sacada del pueblo bajo el pretexto de realizar algunas prácticas, de tal manera que los matarifes pudieran actuar con total impunidad.

Se decidió encargar la misión a Jesús Salas Barraza, a la sazón diputado local por el municipio de El Oro, Durango y un grupo de hombres de su confianza, todos los cuales tenían viejas rencillas con Villa ya sea porque algún familiar había muerto a manos de las fuerzas del general o por haberse visto afectados en su patrimonio, quienes rentaron una casa en Parral cuyo frente daba a una de las calles de entrada por donde forzosamente tenía que pasar un auto que llegara a la ciudad proveniente de Canutillo. En ese lugar acumularon una buena cantidad de armas y municiones sin llamar la atención de los vecinos y observaron minuciosamente la entrada y salida del general de esa ciudad. Se ultimaron los detalles; todo estaba listo para el golpe final.

20 de Julio

Villa se había vestido apropiadamente para la ocasión con dos camisas de algodón y un saco de lino hecho a la medida; le gustaba estar presentable, especialmente cuando visitaba a sus mujeres. Sus acompañantes usaban el traje típico de Dorados con tejana y pistolas .45 con cachas de concha.

Salió temprano de la hacienda de Canutillo a bordo de su auto Dodge con destino a Parral. El general, que a últimas fechas había cambiado el caballo por el auto, manejaba; había amanecido de excelente humor y durante el camino bromeaba con sus amigos; lo acompañaba su secretario, el coronel Miguel Trillo, sentado a su lado; Claro Hurtado y Daniel Tamayo ocuparon los asientos posteriores quedando sentados atrás de Villa y Trillo respectivamente, mientras que Rafael Medrano y Ramón Contreras se acuclillaron en el espacio entre los asientos traseros y el respaldo de los delanteros. Fuera del auto viajaba, parado en la salpicadera derecha, Rosalio Rosales quien regularmente se desempeñaba como chofer.

Entraron en la ciudad de Parral que perezosamente despertaba a un nuevo día, un día como cualquiera que pronto dejaría una profunda huella en la historia.

Villa siguió la ruta que ya se sabía de memoria saludando con la mano a algunas personas que lo reconocían a su paso. Cruzaron el puente Guanajuato sobre el rio de Parral y continuaron un corto trecho.

Un hombre parado sobre la acera vio venir el auto, agudizó la vista y cuando confirmó que se trataba de Villa sacó un pañuelo blanco del bolsillo y con él en alto saludó al general cuando pasaba, luego se retiró apresuradamente del lugar; aquella era la señal convenida.

Desde una casa cercana un grupo de nerviosos hombres atisbaba por la ventana; vieron el pañuelo en alto y cortaron cartucho. El auto venía de frente a ellos, el brazo izquierdo con que su compinche hizo la seña les indicó que el conductor era Francisco Villa; tenían a la vista un blanco que no podían fallar.

Días antes…

Jesús Salas Barraza, Melitón Lozoya, Librado Martínez, José y Ramón Guerra, José Barraza y Jesús y José Sáenz Pardo se habían reunido varias veces en las casas de los ranchos El Cochinero y Amador, propiedad el primero de Melitón Lozoya y el segundo de José Sáenz Pardo. Salas Barraza les explicó detalladamente el plan; la suerte de Villa estaba echada. Sabían que en caso de fallar sus propias vidas estarían en juego pues conocían el irascible carácter del general y sabían que una afrenta de ese tamaño se la cobraría caro. Y es que no era la primera vez que alguien atentaba contra la vida de Villa; ya en una ocasión el acaudalado hombre de negocios Jesús Herrera, cuyo padre había sido asesinado por el general, buscó venganza. Para ello contrató los servicios de matones profesionales que se encargarían de eliminar a Villa. Sin embargo, el general fue advertido de la trampa por uno de sus amigos y pudo eliminarlos antes de que llevaran a cabo su plan.

Encerrados en la casa rentada y armados hasta los dientes estaban listos para la ejecución del plan… y de Villa.

Les dieron la señal y se aprestaban para lanzarse sobre el auto cuando notaron que salían los niños de la escuela que se encontraba enfrente. La duda los asaltó; querían eliminar a su odiado enemigo, pero aquello podría acabar en una masacre infantil. Los niños se encontrarían en el fuego cruzado y serían presa fácil de las balas. Comenzaron a mirarse unos a otros como buscando una señal de aprobación, pero ninguno se atrevió a iniciar el ataque. Aseguraron sus armas y resoplando las enfundaron de nuevo. Villa había tenido suerte esa vez, los niños lo salvaron; pero no sería por mucho tiempo.

La mañana del 20 de julio era calurosa. Aunque la casa estaba construida con adobes que servían también como aislantes térmicos, el encierro y la presencia de los ocho cuerpos en el interior había espesado el ambiente, pero el sudor que escurría de las frentes de los conspiradores se debía más al temor que a otra cosa. Se secaban continuamente las húmedas palmas de las manos para evitar que sus armas resbalaran en el momento de perpetrar su fechoría. Las carabinas 30-30, 30-40 y revólveres calibre .44 y .45 habían sido esmeradamente limpiados y lubricados, no podían darse el lujo de que fallaran; habían rellenado cada una con el máximo de cartuchos, algunos con balas expansivas para causar el mayor daño posible. Portaban los revólveres en pistoleras y algunos metidos en la cintura; no tendrían tiempo de recargar así que el arma vacía simplemente sería arrojada y tomarían un arma nueva repleta de aquellos mortíferos mensajeros. Cada uno de los confabulados tenía sus propios motivos para odiar a Villa:

Para los hermanos José y Ramón Guerra aquella era una oportunidad de oro, pues algunos familiares habían muerto frente a las fuerzas del general en la sangrienta refriega en Rio de Providencia, Durango.

José Sáenz Pardo buscaba vengar la muerte de su padre Nabor y su tío José Cayetano.

Librado Martínez también era hijo de Don Nabor Sáenz Pardo y de igual forma quería vengar la muerte de su padre.

José Barraza había sufrido la pérdida de su hermano Gerónimo y dos tíos.

En el caso de Melitón Lozoya, Villa se la tenía sentenciada porque se había llevado el contenido de la Hacienda de Canutillo antes de que se la entregaran al general.

El denso silencio de la habitación era agrietado tan solo por la agitada respiración de los presentes.

La espera acrecentaba la tensión.

El vigilante observó por fin la señal de su compinche, Villa venía manejando el auto. Levantó a su vez la mano izquierda cerrada para que todos la vieran; su reseca garganta no podía emitir palabra alguna. El áspero sonido de las armas al cortar cartucho retumbó en el lugar como macabra melodía, preludio de una infernal danza con la muerte.

Según el plan saldrían en dos grupos de cuatro; el primer grupo tenía como objetivo a Villa, por lo tanto, dispararían la primera andanada de balas hacia el lugar del conductor y luego seguirían con los demás. El segundo grupo tenía la misión de encargarse de quienes repelieran la agresión y rematar a los heridos.

En cuanto vieron al vehículo dar la vuelta el primer grupo liderado por Jesús Salas Barraza se desplegó en abanico frente a él.

En el interior del auto, el ronroneo del motor era apagado por las risas de sus ocupantes. De pronto el infierno se les vino encima; las detonaciones rompieron la tranquilidad de aquella hora, el plomo caliente rasgó el aire matinal y una graneada lluvia de balas comenzó a golpearlo todo; los cristales del auto estallaban lanzando pedazos de vidrio en imprevistas direcciones y la lámina comenzó a llenarse de agujeros. Los cuerpos en el interior se movían al compás de la letal melodía como grotescas marionetas; el dorado que viajaba de pie fuera del auto cayó como bulto a la vera del camino. Los mensajeros de la muerte arrebataron de tajo la vida de los viajantes que por la sorpresa y rapidez del ataque no alcanzaron ni a echar mano de sus armas.

De los doce tiros que recibió en la refriega, una bala expansiva perforó el pecho de Villa, se hizo pedazos adentro y le dejó el corazón en los huesos; otra le destrozó una mano y una más desgarró su codo izquierdo mientras parte de sus intestinos afloraron por un boquete bajo la axila del mismo lado; otra le perforó los pulmones.

Sus acompañantes no tuvieron mejor suerte, la parca se regodeaba tomando las almas a diestra y siniestra en medio de aquella huracanada danza de dolor y muerte. Las puertas posteriores del auto se abrieron en un desesperado intento de algunos de los ocupantes por escapar de las garras del destino frente a los verdugos que los tenían en las miras de sus armas, las que inmisericordemente vomitaban fuego una y otra vez.

Con varios balazos en el pecho, en las dos piernas y en el brazo izquierdo, Ramón Contreras se alejó un poco del auto y echando mano a su pistola disparó sobre el segundo grupo que en esos momentos salía de la casa para rematar a las víctimas con tan certera puntería que alcanzó a Ramón Guerra en el brazo derecho y en el pecho matándolo instantáneamente y cuyo cuerpo cayó en el dintel de la puerta.

Claro Hurtado, con el brazo derecho destrozado por una bala expansiva, alcanzó a brincar del auto y corrió hacia el puente Guanajuato por su lado izquierdo pretendiendo salir hacia el río, pero el camino estaba bloqueado y desanduvo sus pasos solo para encontrarse de frente con uno de los asesinos que lo perseguía y quien, sin misericordia alguna, le reventó un tiro en el pecho acabando con su vida.

El auto, convertido en colador, avanzó todavía unos metros ya sin control hasta detenerse por fin con su fúnebre carga. Arqueado de espaldas sobre la puerta abierta colgaba el cuerpo del coronel Miguel Trillo, la pistola aún enfundada daba cuenta de la ferocidad del ataque; con los brazos extendidos y la cara muy cerca del suelo mostraba un agujero de bala en medio de la frente; sus ojos abiertos y fijos miraban por última vez la tierra que ahora regaba abundantemente con su sangre.

Daniel Tamayo, que viajaba en la parte posterior quedó sentado ahí, muerto, con el rifle entre las piernas y recostado hacia el lado derecho.

El cuerpo inerte de Villa quedó recostado también sobre su lado derecho como si estuviese dormido, inmerso en un sueño eterno.

Después del infernal estrépito se hizo un sepulcral silencio. Las aves ya no cantaban, el viento dejó de soplar. El acre olor a pólvora mezclada con sangre y muerte inundaba el ambiente y lo hacía casi irrespirable. Más de doscientas balas habían sido disparadas buscando segar la vida de un hombre. Uno de los asesinos, pistola en mano, se acercó y colocó el cañón del arma tras la oreja de Villa; le dio el tiro de gracia solo para estar bien seguro.

"Parral me gusta hasta para morirme" comentó alguna vez el general. Su vaticinio se había cumplido.

En Palacio Nacional Obregón leyó el telegrama con la noticia del asesinato de Villa; su rostro no reflejó ninguna emoción. Envuelto en el silencio sonrió al recordar el telegrama Zimmermann, aquel pedazo de papel que vino a cambiar la historia. La decisión de Pancho Villa de no apoyar a los alemanes fue el principio de su fin.

Dejó el comunicado a un lado y clavó la vista en el frasco que se encontraba sobre su escritorio; adentro, su brazo mutilado nadaba en formol.

La cuenta había sido saldada.

FIN

LA DECISIÓN
DE
PANCHO VILLA

GERMÁN OLIVARES GARCÍA

EL AUTOR

Germán Olivares García es escritor con varios títulos a cuestas de novela histórica, romántica, ciencia ficción, ficción, así como cuento y poesía.

Ha hecho de la novela histórica su pasión, especialmente del período que comprende la revolución mexicana en cuya historia se ha sumergido profundamente para traer a la luz momentos poco conocidos, mas no por eso menos interesantes.

Dueño de un estilo sencillo pero envolvente, atrapa al lector y lo lleva a vivir la emoción del momento haciéndolo uno con la trama.

OTROS TÍTULOS DEL AUTOR

- La Risa de la Hiena (novela histórica)
- El Recolector de Almas (novela histórica)
- Proyecto Luna Azul (novela ciencia – ficción)
- Traición Bajo el Mar (novela ficción)
- Atardecer en París (novela romántica)
- El Otoño de los Días (cuentos)
- Murmullos de Amor (poesía)
- Voces del Alma (poesía)

Made in the USA
Coppell, TX
20 March 2025

47314709R00152